Las pesquisas de Amy Carter

Secuestro

UNA NOVELA DE MISTERIO
CON PODCAST

Traducido por Frank Schleper
Título original: ***Dognapped!***

Publicado por primera vez por Top That! Publishing PLC, 2008

Carretera de Madrid, km. 315,700
50012 Zaragoza
Teléfono: 913 344 883
www.edelvives.es

Edición: Jorge Hernán Gómez
ISBN: 978-84-263-7226-0
Depósito legal: Z. 913-09

Talleres Gráficos Edelvives (50012 Zaragoza)
Certificados ISO 9001
Printed in Spain

Las pesquisas de Amy Carter

Secuestro

Karen King

Traducido por Frank Schleper

UNA NOVELA DE MISTERIO
CON PODCAST

EDELVIVES

¿Eres un gran detective como Amy Carter?

Únete a la investigación y ¡conviértete en un gran detective! ¡Puedes encontrar pistas mientras lees y descargar archivos de sonido con pruebas que te ayudarán a descubrir la verdad!

Cuando veas este icono dirígete a la página web www.sehacesaber.org y descarga el número de *podcast* correspondiente. Escúchalo con atención todas las veces que quieras para reunir las pruebas necesarias y poder resolver el caso. Ya ha empezado la cuenta atrás, así que comienza a leer y presta mucha atención: ¡las pistas están ahí mismo!

Descarga el emocionante *podcast* final para comprobar si has conseguido resolver el caso.

Lanitas 1

En cuanto vi el chucho, me di cuenta de que sólo traería problemas. Cuando llegamos a casa, saltó de su cesta y miró fijamente el brazo de mi abuela alrededor de mis hombros. A mí tampoco me hacía gracia, pero bueno, al fin y al cabo era mi abuela, y no me había visto desde que yo tenía nueve años.

La perrita me ladraba hecha una furia. Era una bichón frisé que, con su pelo blanco rizado y sus ojazos negros, tenía un aspecto encantador. Pero el collar rosa de joyas, el cojín también rosa de su cesta y el surtido de juguetes esparcidos por el suelo indicaban con claridad que era una mimada. Por la forma en que ladraba, me dejaba claro que no le hacía ninguna gracia tener que compartir a la abuela.

—Hola, *Lanitas* querida —susurró mi abuela mientras la cargaba—. Ésta es Amy, mi nieta de Estados

Unidos. Se va a quedar con nosotras una temporadita.

Lanitas me gruñó y se acomodó en sus brazos.

—Pobrecita, creo que está un poquito celosa —dijo la abuela—. Tócala, Amy.

Cuando me atreví a acariciarla a regañadientes, *Lanitas* aumentó el volumen de su gruñido gutural, como advirtiéndome que, si era obligatorio verme, prefería que fuese de lejos.

Retiré la mano enseguida.

—Me parece que no le gusto.

—Tonterías, sólo tiene que acostumbrarse a ti —intentó tranquilizarme—. Debes tener en cuenta que es muy sensible. ¿Te había dicho ya que ha ganado varios concursos?

—Sí, abuela.

En el camino, desde la estación del tren a su casa, no había dejado de hablarme de *Lanitas:* de lo inteligente que era, de todas las medallas que había ganado y de que era la favorita para ganar el primer premio del concurso de Rivington, que tendría lugar en una semana. Aunque no hubiera mencionado nada, la vitrina de trofeos en una esquina del salón lo decía todo. Sobre ella, había una enorme foto en color de la perrita, con la inscripción: «*Princesa Lanitas* – Mejor de su raza 2007». *Princesa Lanitas* era su nombre de pedigrí, y el chucho era justo eso para la abuela: su princesita.

Cuando mis padres me ofrecieron la oportunidad de pasar una temporada con la abuela en Inglaterra, acepté sin pensarlo dos veces. Cuando se tiene trece años, no apetece ir con los padres por toda Europa, sobre todo si es para acompañarlos en la gira del musical en el que los dos cantan y bailan. No iba a ser nada agradable vivir en incómodas habitaciones de hotel y presenciar su penosa actuación noche tras noche.

Mi abuela dirigía un hostal en Cornualles, así que pensé que habría un montón de misterios que una detective como yo podría resolver: huéspedes sospechosos, escondites de contrabandistas en la playa y enigmas por el estilo.

No podía estar más equivocada. El Vista del Mar era mucho más pequeño de lo que esperaba, y los huéspedes que encontré no tenían un pelo de sospechosos.

El primero era el señor Winkleberry —o David, como lo llamaba amigablemente la abuela—, que se alojaba en la misma habitación, todos los veranos, desde hacía diez años. ¡Sabe Dios por qué! Pasaba la mayor parte del tiempo leyendo el periódico en el salón. Luego, había una pareja escocesa: los McFarlane, coleccionistas de postales y amantes de pasear. Por último, una tal Emily Williams, una tía muy tranquila, vegetariana, que hacía muecas cada vez que le llegaba el aroma de la carne que preparaba la abuela. El señor Winkleberry tenía un tic muy llamativo en el ojo izquierdo, y la señora McFarlane tenía un bigote bastante poblado. Menuda panda de aburridos, en serio.

Había traído mi portátil, pero mi abuela no tenía conexión a Internet ni ordenador. No podía conectarme para chatear con mis amigos. La verdad, tampoco tenía mucho que contarles. Ya llevaba tres días en el Vista del Mar y ni siquiera había tenido tiempo a ver el pueblo ni bajar a la playa. Ayudar a la abuela a cuidar de los huéspedes y de *Lanitas* me quitaba todo el tiempo.

La perrita ya se había hecho a la idea de que me quedaba, así que toleraba mi presencia a regañadientes, pero se aseguraba constantemente de que no intentase arrebatarle el puesto de consentida de la casa. El tiempo también se me iba en eludir a Max, el niño cotilla que vivía al lado. ¿Sería capaz de aguantar todo el verano así?

Mientras me planteaba esa pregunta, Max se asomó a la valla que separaba las dos casas y lanzó una observación que nadie le había pedido sobre la forma en que cepillaba a *Lanitas* en el césped.

—¡No, no, no! Demasiado fuerte. ¿Quieres que te enseñe la forma correcta de hacerlo? —se ofreció—. A veces la tita Sue me deja cepillarla.

Vaya una forma original de llamarla: «tita Sue». La verdad es que me molestaba un poco que tuviera más familiaridad con la abuela que yo.

—No, gracias —respondí bruscamente—. Piérdete y juega con tu sombra.

Pasé el cepillo muy rápido por la espalda de *Lanitas* y se enganchó en unos pelos enredados cerca de la cola. La perrita soltó un ladrido e intentó pillarme la mano. Perdí el equilibrio y caí al suelo.

—¡Tonta! —grité al levantarme—. Me has ensuciado los calzones.

Max soltó una carcajada.

—¿De qué te ríes? —me enfadé, mostrándole las manchas en la ropa—. ¿No ves cómo me ha puesto?

—Son pantalones —soltó Max entre risitas—. Los calzones se llevan debajo.

Al comprender por qué se estaba riendo, me puse roja y me aparté deprisa. Mi abuela siempre me estaba corrigiendo las palabras que se usaban todo el tiempo en Estados Unidos pero que parecían prohibidas en Inglaterra: nevera por heladera, patatas por papas, coche por carro... ¡Me volvía loca!

Gracias al escándalo, se abrió la puerta del hostal y mi abuela levantó en brazos a *Lanitas*, que ladraba de forma lastimera, como si acabara de sobrevivir a una cruel tortura.

—¿Qué le has hecho, Amy? —preguntó preocupada.

—Nada. El cepillo se le ha quedado enganchado en el pelo —dije, a la defensiva.

—¡Amy! Te pedí atención con los enredos para no tirarla del pelo —me recriminó—. Es importante que *Lanitas* no se altere antes del concurso de la semana que viene. El carácter apacible es una de las cosas que más valoran los jueces.

—¡En menudo lío te has metido! —comentó Max por encima de la valla, con una amplia sonrisa en su cara pecosa—. Estará enfadada todo el día.

Vaya chico, me sacaba de quicio. Siempre espiando, mirándome, preguntando cosas, intentando hacerse el coleguilla. ¡Un chico de nueve años! Por favor. Pero tenía razón. La abuela estaría molesta todo el día. Empezaba a arrepentirme de no haber seguido a mis padres en su gira. Suspiré y entré en el hostal para prepararle un buen café a mi abuela. Se lo hacía a mi madre cuando se enfadaba y la estrategia solía funcionar de maravilla. A ver si con la abuela surtía el mismo efecto.

Era normal que la abuela adorara a *Lanitas,* analicé mientras dejaba caer un chorrito de nata en el café y le ponía chocolate en polvo. La perrita era la única «familia» que le quedaba desde que su hijo (mi padre) se había mudado al otro lado del charco. (Había viajado a Estados Unidos persiguiendo sus sueños de actor; luego conoció a mi madre, se casaron y decidieron quedarse a vivir allí).

Mi abuelo se había ido de casa hacía años. Y no lo hizo solo, sino con la camarera del pueblo, cuando lo pilló la crisis de los cuarenta. La camarera lo abandonó enseguida, pero la abuela le prohibió volver por casa. Desde entonces, mi abuelo viaja alrededor del mundo en busca del «sentido de la vida». El año pasado se quedó con nosotros durante un tiempo. Fue una experiencia incómoda. Quiero decir, muchos de mis amigos tienen padres separados, pero no te esperas que los del rollo del divorcio sean tus abuelos.

El café tuvo el efecto que esperaba, y a la hora de salir para encontrarse con sus amigas, la abuela ya me había perdonado.

—Amy, me voy. Cuidarás de *Lanitas,* ¿verdad? —preguntó al pasar por la cocina.

Iba muy elegante. Le encantaba hacer el esfuerzo, como decía ella, de vestirse bien y maquillarse, pero a menudo se pintaba una ceja más alta que la otra. El error de cálculo provocaba un efecto extraño en su rostro, pero no me atrevía a decírselo.

—No te preocupes, abuela, se lo pasará bien conmigo —le prometí, mientras me preparaba un batido con leche de fresa en polvo—. Hoy no pienso salir. Quiero ver una *peli* en la tele.

Saqué una bolsa de patatas fritas del armario.

—Recuerda pasearla cuando se despierte para que haga sus cosas, y limpia todo —añadió—. La palita y las bolsas de plástico están en el armario, bajo el fregadero.

Hice una mueca mientras llevaba el batido y las patatas al salón. Recoger excrementos de perro no era uno de mis pasatiempos preferidos. Igual tenía suerte y *Lanitas* esperaba hasta que mi abuela volviese.

—¡Claro que sí! —respondí—. Puedes irte tranquila. Diviértete y no te preocupes. *Lanitas* va a estar bien.

Después de asomarse al salón de huéspedes para despedirse del señor Winkleberry, la abuela se marchó.

Como *Lanitas* dormía en su cesta, pude acomodarme y encender la tele. La *peli* que esperaba era de policías. Una de mi detective preferido, el agente del FBI Vince Bronson. Vince perseguía a un escurridizo ladrón de diamantes en medio de una trama llena de sorpresas. Me quedé enganchada, aunque, por culpa de los ronquidos de *Lanitas*, tuve que subir el volumen a tope. Justo en el punto más interesante, la perrita comenzó a ladrar.

«¡Guau! ¡Guau! ¡Guau!».

Aparté la vista de la pantalla y vi a *Lanitas* impaciente junto a la puerta. Se giró hacia mí, volvió a ladrar y otra vez miró la salida. Típico. Me obligaba a sacarla justo en el momento en el que Vince estaba a punto de atrapar al ladrón.

—¡Espérate! —le ordené y dirigí mi atención a la pantalla.

Lanitas se puso a ladrar con más fuerza y arañó la puerta. Me levanté refunfuñando. Como dejase arañazos, iba a tener que hacer muchos cafés antes de que mi abuela me perdonase.

—Vale, vale. Ya voy.

Al salir, *Lanitas* me lanzó una mirada despectiva y se paseó a gusto por el jardín, olisqueando las plantas una por una. Juro que lo hacía a propósito.

—¡Date prisa, *Lanitas*! —le dije entre dientes.

Me ignoró y se contoneó por el caminito entre la hierba. A ese ritmo me perdería el final de la *peli*. Observé corretear al bicho. El jardín estaba rodeado por una valla alta y la puerta a la calle estaba cerrada. No había manera de que saliera. Decidí dejarla sola un momento para ver el final de la película. Abrí la puerta trasera de la casa para que entrase cuando le apeteciera y volví corriendo al salón.

Vince se acercaba al ladrón de joyas, que se disponía a robar unos diamantes valiosísimos. Fascinada, me senté para presenciar cómo atrapaba al ladrón con las manos en la masa, para después contarle a Mac, su compañero, cómo había resuelto el crimen. Algún día, me juré al apagar la tele, me convertiría en una gran agente del FBI, como Vince. Vendría gente de todo el mundo a buscarme para investigar casos dificilísimos que involucrarían a famosos, reyes, reinas, estrellas de rock...

De repente, me acordé de *Lanitas,* que seguía afuera. Hacía tan poco ruido, que la situación ya era sospechosa. Salí corriendo.

—*¡Lanitas!* —grité, buscando por todas partes a esa problemática bola de pelos blancos.

No había ni rastro de ella. Y lo peor: la puerta de la valla estaba abierta, moviéndose con el viento.

¡Desaparecida! 2

—La he visto hace un momento —oí la voz de Max, cuya cabeza pelirroja se asomaba a la valla. Al ver abierta la puerta de la calle, soltó un grito ahogado—. ¡No has cerrado bien! —me acusó—. *Lanitas* se ha escapado.

—Estaba cerrada. Lo comprobé —me defendí y corrí hacia la puerta.

No había verificado que el cierre estuviera enganchado. Se debía de haber abierto con el viento. Salí a la calle y miré nerviosa en todas las direcciones.

—¡Lanitas! ¡Lanitas!

Max se unió a la búsqueda.

—Busca por acá y yo lo haré por allá —le dije, dirigiéndome hacia la izquierda. Llegué a la esquina y me fui corriendo por la bocacalle, gritando sin cesar el nombre de la perrita. No podía haber llegado muy lejos. Max acababa de decir que la había visto en el jardín hacía un momento. ¿Por qué se me pasaría comprobar que la puerta estuviese cerrada?

—*¡Lanitas!*

Busqué desesperada en cada uno de los minúsculos jardines de los vecinos. Vi a una señora detrás de la puerta de su valla, con un gato atigrado de expresión petulante en sus brazos.

—¿Ha visto a una pequeña perrita blanca con un collar rosa? —le pregunté, intentando ignorar el velludo lunar que tenía en la barbilla.

La señora entrecerró los ojos.

—Tú debes de ser la chica estadounidense, ¿no? La nieta de Sue Carter.

Asentí con la cabeza.

—La perrita de mi abuela se ha escapado. ¿La ha visto?

—No, ni me apetece. Ese bicho es una amenaza.

La señora agarró aún más fuerte al gato, se dio la vuelta y entró rápidamente en su casa dando un portazo. Algo me decía que *Lanitas* no le caía muy bien.

Seguí buscando por las estrechas calles alrededor del hostal de la abuela. Pregunté a cada persona que me cruzaba, pero no había ni rastro. ¿Adónde podría haber ido? Hice un esfuerzo para no pensar en lo que diría la abuela al volver a casa y enterarse de que su chucho había desaparecido. Miré mi reloj. No faltaba mucho para que volviera. ¿Qué le iba a decir?

Me senté en un banco en la calle e intenté pensar con lógica. Si yo fuera *Lanitas,* ¿adónde habría ido?

—¿Diste con ella? —jadeó Max al acercarse.

—Sí, la tengo en el bolsillo —contesté con sarcasmo—. ¿Tengo pinta de haberla encontrado?

—No te hagas la graciosa conmigo —se quejó—. No soy yo quien la ha perdido.

No le hice caso y me concentré. Tenía que intuir lo que haría un chucho malcriado como *Lanitas* en el momento de tener libertad. Me acordé del perro de mi amigo Rory. Corría como un poseso hasta el final de la calle cada vez que tenía la oportunidad, luego se asustaba y volvía volando para sentarse en la puerta y esperar a que alguien se diera cuenta de que se había marchado. Tenía muy claro en qué sitio estaba mejor. Yo estaba segura de que *Lanitas* también lo sabía. Seguramente ya estaba ladrando en la puerta trasera del hostal, enloqueciendo al mundo entero hasta que alguien la dejara entrar.

—¿Adónde vas? —preguntó Max cuando me levanté de golpe para volver a casa.

La puerta trasera seguía abierta. Me había entrado tanto pánico al ver que la perrita no estaba, que me había ido sin cerrarla siquiera. Entré corriendo, esperando que *Lanitas* estuviese durmiendo en su cesta, pero la encontré vacía. Vi al señor Winkleberry a través de la puerta abierta del salón de huéspedes. Estaba sentado en el sillón y leyendo el periódico, como de costumbre.

—¿Ha visto a *Lanitas*? —le pregunté.

Me miró por encima de sus gafas. Le temblaba el párpado izquierdo, como casi siempre. Incluso si mi abuela no me lo hubiera dicho, habría deducido que trabajó como maestro. Lo tenía escrito en sus cejas levantadas y sus labios fruncidos.

—Pensaba que Sue..., ejem..., tu abuela, te había pedido cuidarla.

—Sí, y la he cuidado, pero la he dejado en el jardín y..., ejem..., se ha escapado.

Winkleberry me miró a los ojos y me habló con reproche.

—Pues, espero que la encuentres pronto, jovencita. Tu abuela estará aquí en cualquier momento.

—Ya lo sé.

Regresé al jardín en el instante en el que entraba Max. Cerró la puerta y escuché un clic.

¿Clic?

Me acerqué corriendo y la abrí de nuevo. Luego la empujé. Se cerró sola e hizo clic. ¡Clic! La volví a abrir y repetí la acción. ¡Clic! Intenté abrirla sin girar el pomo, pero no se movía. Sólo se abría si lo giraba.

Max me miró como si me hubiera vuelto loca.

—Mira —le dije. Seguí haciendo experimentos con la puerta, intentando cerrarla sin que se enganchara el cierre, pero era imposible.

—Felicidades. Has aprendido a cerrar la puerta —dijo Max—. Lástima que no supieras hacerlo antes de que *Lanitas* desapareciera.

—¿No te das cuenta? Si no dejas la puerta abierta al menos hasta la mitad, se cierra sola y el cierre se engancha. Es imposible que la abra el viento.

—¿Y? —Max no parecía nada impresionado.

—Significa que alguien la abrió a propósito para que *Lanitas* saliera.

Eso sí que le llamó la atención.

—¡Qué cruel! ¿Por qué iba alguien a hacer eso?

Era justo lo que me preguntaba.

—Se me ocurren dos razones: o querían que se escapara, o la han robado.

—*¡Lanitas!* ¿Dónde estás, cariño? ¡Mami ha vuelto!

Al oír la voz de la abuela, me quedé helada. Escuché que el señor Winkleberry le estaba hablando, y al instante la vi salir corriendo por la puerta trasera, con la cara pálida.

—¿Es verdad, Amy? —me preguntó—. ¿Se te ha perdido mi querida *Lanitas*?

Tragué saliva.

—No ha sido culpa mía. Alguien le abrió la puerta del jardín y se escapó.

—Amy cree que la han robado —añadió Max.

—¿Cómo? —gritó mi abuela, llevándose las manos a la cara.

—La puerta estaba cerrada cuando me he metido en casa, pero cuando he salido después para buscar a *Lanitas,* estaba abierta y ella ya no estaba —expliqué—. Alguien la ha abierto a propósito para que pudiera salir.

—¿Estás segura de que no has sido tú? —preguntó el señor Winkleberry—. Es evidente que la perrita no te gusta. A lo mejor has abierto la puerta esperando que *Lanitas* se escapara.

—¡Claro que no! —contesté, fulminándolo con la mirada—. ¡Jamás haría eso! —me dirigí a mi abuela—. ¡Jamás! ¡Te lo juro!

Ella se secó los ojos.

—Seguro que no lo has hecho a propósito, Amy. Pero sí que la has dejado sola en el jardín.

—Sólo un momentito. *Lanitas* no tenía ganas de entrar en casa, y yo no podía dejar de ver el final de la película...

—¿Hace cuánto que no la habéis visto? —preguntó la abuela.

—Una hora, más o menos. La hemos buscado en todas partes... Lo siento, abuela —le dije, mientras ella se metía de nuevo en la casa. Al rato volvió a salir con las llaves del coche en la mano.

—Sue, espera —le dijo el señor Winkleberry—. No estás en condiciones de conducir. Te acompaño. Vamos a buscar juntos a *Lanitas.*

—Yo también voy —grité.

La abuela estaba tan nerviosa que me sentí culpable. No debería haber dejado sola a *Lanitas,* sabía lo importante que era para ella.

Cuando volvieron los McFarlane, se unieron a la búsqueda. Pasó igual con Emily Williams. La perrita le encantaba y siempre era muy cariñosa con ella. En realidad, a Emily le gustaban todos los animales. El día anterior, la había visto en la calle agachándose para acariciar un gato callejero de aspecto salvaje. Era uno de esos felinos misteriosos que parecen dispuestos a sacarte los ojos en cualquier momento, pero acabó acercándose mansamente a Emily para engatusarla.

Nos pasamos toda la tarde intentando encontrar a *Lanitas,* hasta que ya no había suficiente luz para seguir buscando. Era como si hubiera desaparecido de la faz de la tierra (o, al menos, de Little Cragg). La abuela estaba destrozada.

—¡Mi querida princesita! —exclamó entre sollozos—. ¿Qué le habrá pasado? Estará asustada y hambrienta a esta hora. ¿Y si está atrapada en algún sitio? ¿O herida?

Me sentía fatal, en serio.

—Lo siento mucho, abuela. Ya verás, la voy a encontrar —le prometí—. Mañana, a primera hora, empezaré a investigar.

—¿Investigar? —preguntó el señor Winkleberry en tono mordaz—. Creo que ves demasiadas películas policiacas, señorita.

Ni me molesté en decirle que realmente tengo pasta de detective y que en mi pueblo había resuelto ya varios casos. Preferí guardarme la información. Mi instinto me decía que, fuera quien fuese el responsable de la desaparición de *Lanitas,* debía de ser alguien que la conocía bien, y no quería poner a nadie en guardia. Como suele decir Vince Bronson: «¡El culpable suele estar delante de tus narices!».

Sospechosos 3

Pensé en los pasos que daría Vince para encontrar a *Lanitas:* buscar un móvil, hacer una lista de sospechosos e ir eliminándolos uno por uno, era lo que decía el detective a su inseparable compañero, Mac. Por eso, lo primero que tenía que investigar en el extraño caso del chucho desaparecido, era si alguien había abierto la puerta con la intención de que *Lanitas* se extraviara, o si la perrita había sido robada. Me acordé de que mi abuela me había dicho que la semana siguiente su adorada mascota iba a participar en un concurso de perros y que era la favorita para llevarse el primer premio. ¿Podría ser ese el motivo del robo?

Saqué mi cuaderno y mi boli verde de la suerte, me senté sobre la cama y empecé a escribir:

Hora de dejar a Lanitas en el jardín:
aprox. 14.00.
Hora de darme cuenta de que ya no estaba:
aprox. 14.30 (cuando terminó la peli).
Personas en casa a esa hora:
Sr. Winkleberry.

Sabía que los McFarlane habían salido después del desayuno, como de costumbre. A Emily la había visto en el pasillo haciéndole cariñitos a *Lanitas* a las once y media, cuando estaba a punto de salir (no solía ser madrugadora). Volví a mirar mis apuntes. Había un «margen de acción» de unos treinta minutos en los que podrían haberse llevado a *Lanitas.*

La mañana siguiente, a primera hora, inspeccioné el lugar del crimen. Salí a la calle que había detrás del hostal y, con la puerta de la valla abierta a mis espaldas, miré en todas las direcciones.

En frente tenía un descampado que daba a las puertas traseras de otras casas y donde a veces aparcaba la gente. Las casas estaban rodeadas por vallas o por muros altos. Con tal panorama, era claro que podían haber abierto la puerta del jardín para sacar a *Lanitas* sin que nadie lo notara. A menos que alguien estuviera mirando por la ventana del primer piso, o se paseara por la calle por casualidad en ese momento.

Con tantas ideas dando vueltas en mi cabeza, no resultaba fácil acordarme de todos los motivos posibles de la desaparición de *Lanitas*. Abrí el cuaderno para apuntarlos:

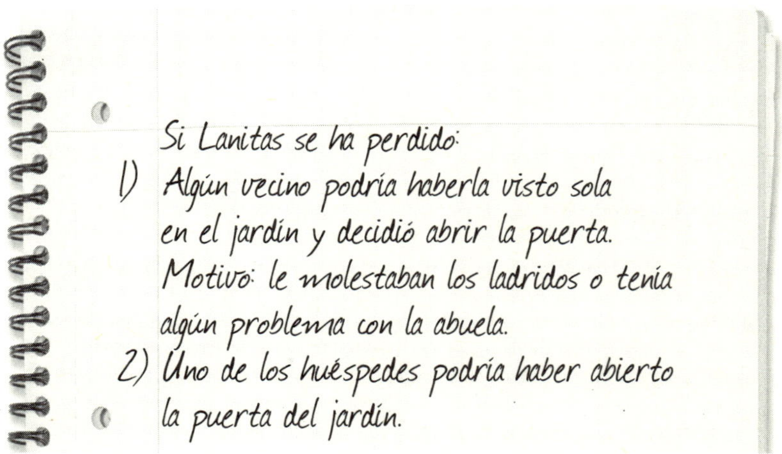

—¿Qué estás haciendo?

Era Max. ¡Otra vez! No le hice caso y seguí escribiendo.

Motivo: Lanitas tiene la mala costumbre de meterse en las habitaciones para robar ropa interior sucia. Poderosa razón para desear que la perrita desaparezca por una temporada.

3) Uno de los competidores de la abuela en el concurso de perros podría haber sacado a Lanitas. Motivo: si se pierde o resulta herida, Lanitas quedará descalificada.

Estaba a punto de decirle a Max que se perdiese por ahí cuando se me ocurrió que, después de todo, podría resultarme muy útil. Sabía mucho más que yo sobre mi abuela, *Lanitas,* los vecinos y el barrio.

—Me voy a enterar de quién se llevó a *Lanitas* —anunció—. ¿Sabes si mi abuela le cae mal a algún vecino, o si alguien querría que *Lanitas* sufriera algún percance?

—La señora Brewson —dijo Max enseguida—. Siempre está discutiendo con la tita Sue porque *Kittikins,* su gato, le desentierra las plantas a tu abuela, y porque *Lanitas* lo persigue y lo asusta.

Kittikins. Me acordé de la mujer que había visto el día anterior, con el lunar velludo y el gato atigrado en brazos, que decía que *Lanitas* era muy molesta.

—¿Dónde vive?

—A dos casas de la mía —dijo Max.

Efectivamente, era la mujer que yo había visto.

Apunté otro apartado, con el título «Sospechosos». Debajo escribí: «Sra. Brewson».

—¿Y los demás vecinos? —insistí—. ¿Mi abuela está reñida con alguien?

—No le caen bien las hermanas Arnold. Son mis vecinas. Dice que no limpian su casa. ¡Y tiene toda la razón! Mi madre también lo dice. Y según la tita Sue, eso es malo para el negocio. —Max frunció el ceño—.

Y luego la señora Crystal, la que lleva Villa Gaviota, el hostal al otro lado de la carretera. El año pasado, uno de sus huéspedes se pasó al Vista del Mar, y todavía no se lo perdona a tu abuela.

—Vale, entonces ya tenemos a tres vecinas que podrían ser sospechosas. —Apunté a las hermanas Arnold y la señora Crystal en la lista.

—¿Crees que una de ellas podría haberse llevado a *Lanitas*? —preguntó Max.

Negué con la cabeza.

—No, viven cerca y tendrían muchas dificultades para esconderla. Pero podrían haber abierto la puerta de la valla para que se perdiera. De momento, no podemos eliminar a nadie de la lista.

Había llegado la hora de empezar con las deducciones. Si *Lanitas* estaba secuestrada, y no sólo desaparecida, ¿cómo se llevó a cabo la operación? Y algo aún más importante: ¿por qué la raptaron? Abrí otro apartado en mi cuaderno:

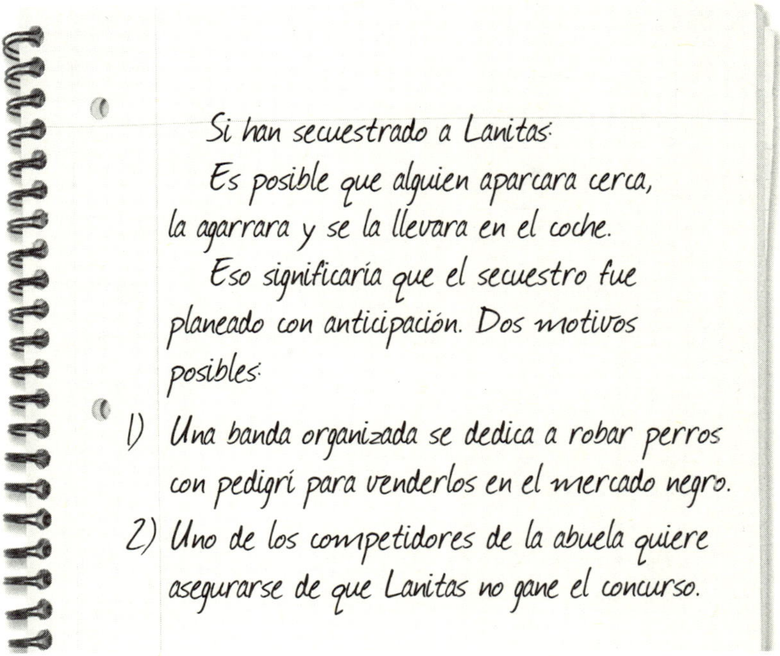

—¿Conoces el nombre de alguno de los competidores más fuertes de mi abuela? —le pregunté a Max—. Ya sabes, gente que presenta las mascotas a todos los concursos.

Max se puso a pensar.

—El señor Mudlark —dijo—. Se enfadó mucho cuando *Lanitas* se llevó el premio en la categoría «Mejor de su raza» en la última competencia. Su bichón se llama

Maisy-May y también participará en el concurso de Rivington la semana que viene.

—¡Amy! —llamó la abuela desde la puerta trasera—. El comisario Lambard te quiere preguntar algo.

Había llamado a la policía la noche anterior, cuando dimos por concluida la búsqueda de *Lanitas,* y le habían prometido la visita de un detective, que pasaría por casa a primera hora para investigar la desaparición de la perrita.

—Debo irme —le dije a Max.

—¿No querrá hablar también conmigo? —preguntó—. Fui el último en ver a *Lanitas* en el jardín.

Tenía razón. Max me había dicho que la había visto unos minutos antes de que desapareciera.

—¿A qué hora la viste por última vez?

—A las dos y diez —respondió él sin vacilar.

—¿Estás seguro?

—¡Amy! —volvió a llamar la abuela.

—¡Voy! —miré a Max—. Ven conmigo.

El comisario escuchó mi declaración y la de Max. Luego le pidió una foto de *Lanitas* a la abuela.

—Muchos perros se pierden —reconoció—. A veces vuelven a los pocos días, pero otras no los encontramos nunca. —Me miró con gesto severo—. Deberías haber cuidado mejor a... —leyó sus apuntes—, ... a *Lanitas*. En esta época del año hay muchos turistas. Si ven a un perro de valor por la calle, podrían llevárselo.

—¡Ay, no! ¡Pobre *Lanitas*! ¡No habrá desaparecido para siempre! —gimió mi abuela.

El señor Winkleberry le puso la mano en el hombro y me miró enfadado.

—¿No cree que el responsable de la desaparición podría ser alguien del pueblo? —me animé a preguntar al comisario.

Lambard me dirigió una mirada seria.

—Esto no es Nueva York, pequeña. No tenemos ese tipo de crímenes en Little Cragg. Además, tenemos que tener en cuenta que se trata de una perrita demasiado conocida. Nadie podría esconderla durante mucho tiempo. No, no. Me temo que se escapó, o que se la llevaron lejos. Señora Carter, supongo que la perrita tiene un microchip, ¿no es así?

—Sí, claro —respondió ella, a punto de echarse a llorar.

—Tarde o temprano, un perro visita al veterinario. En ese momento la podremos localizar. Hasta entonces, no podemos hacer gran cosa.

—No me voy a quedar con los brazos cruzados esperando a que aparezca sola —le susurré a Max mientras me iba a la cocina para prepararme un sándwich de crema de cacahuete y mermelada—. La voy a encontrar. Este crimen es pan comido para una superdetective como yo.

—¿Superdetective? —preguntó, arqueando las cejas con descaro—. ¿Tú?

—Sí, yo. Ya he resuelto bastantes casos difíciles en Estados Unidos —le revelé.

—¿De verdad? —no parecía nada convencido.

De repente, la música de la radio que sonaba en la cocina se interrumpió para dar paso a un boletín de noticias.

—Hacemos una pausa en nuestra programación habitual para ofrecerles las últimas noticias locales.

Los propietarios de los perros participantes en el certamen canino de la próxima semana en Rivington han recibido amenazas —anunció el locutor.

¿Rivington? Estaba hablando del concurso en el que iba a participar *Lanitas*.

—¡Shhh! —susurré, mirando a Max, y subí el volumen de la radio.

PODCAST 1

Escúchalo en www.sehacesaber.org

Max me miró boquiabierto.

—¿Crees que esto tiene algo que ver con la desaparición de *Lanitas*?

—Espero que no —contesté—. Si es así, podría significar que no vamos a volver a verla nunca, y también que mi abuela está en peligro.

Una pistola 4

—¿Cómo? —preguntó Max con los ojos como platos—. ¿Crees que esos defensores de los derechos de los animales podrían haber secuestrado a *Lanitas*? ¿Y también podrían ir por la tita Sue?

Me quedé pensándolo un rato. Tuve que admitir que la hipótesis alcanzaba dimensiones un poco exageradas. Max había visto a *Lanitas* por última vez a las dos y diez. ¿Qué probabilidad había realmente de que uno de los defensores de los derechos de los animales estuviera en la zona exactamente a la hora en que *Lanitas* se había quedado sola? ¿De que estuviera aparcado en el descampado de enfrente, al acecho, escuchara su ladrido, la viera sola en el jardín, entrara, la agarrara, se la llevara al coche y se marchara con ella? Y todo eso en el lapso de los veinte minutos transcurridos entre el momento en que Max la vio por última vez y yo me di cuenta de que ya no estaba. Además, con la forma de ser de *Lanitas,* habríamos escuchado su ladrido histérico si algún desconocido hubiera intentado acercarse, y yo no había oído nada de nada.

—No lo sé, pero tenemos que tener en cuenta todas las posibilidades. Sin embargo, estoy convencida de que fue alguien conocido. Ahora nuestra prioridad es enterarnos de lo que estaba haciendo cada persona en el momento de la desaparición.

—¿Pero cómo? —interrogó Max.

—Preguntando. Empezaremos por el señor Winkleberry. Estaba en el hotel en ese momento. Podría haber visto u oído algo. Déjame hablar a mí y quédate calladito —le avisé.

El comisario Lambard ya se había ido, y el señor Winkleberry estaba sentado en el sofá del salón de huéspedes, cerca de la abuela. Demasiado cerca. Desde que *Lanitas* se había extraviado, seguía a la abuela como si fuera su sombra... pensándolo bien, ni siquiera se había sorprendido cuando le dije que el chucho ya no estaba. Quizá había sido él quien le abrió la puerta para recibir más atención.

Era muy extraño el hecho de que regresara al Vista del Mar todos los veranos. La abuela me había contado que incluso se había alojado varias veces en un mismo año. Yo jamás pasaría todos los años las vacaciones en el mismo lugar. Seguro que mi abuela le gustaba. Tanto, que no le hacía gracia que ella desperdiciara tanto tiempo en *Lanitas*... Saqué el cuaderno y el boli y me acerqué a él.

—Usted estaba en casa cuando *Lanitas* desapareció —empecé—. ¿Oyó o vio algo sospechoso? Por casualidad, ¿se asomó o salió al jardín en algún momento? ¿A lo mejor vio a alguien desconocido?

—Si hubiera visto algo, jovencita, se lo habría dicho al detective, ¿no se te ha ocurrido? —contestó el señor Winkleberry con brusquedad—. ¿Por qué no dejas de jugar a los detectives y sales a la calle a buscar a la perrita? Al fin y al cabo, tú eres la responsable de su desaparición.

—Eso no es cierto —exclamó Max—. Alguien abrió la puerta de la valla a propósito.

Le lancé una mirada de advertencia, pero antes de que pudiera decir nada, Emily se asomó por la puerta.

—¿Tenemos ya alguna noticia de *Lanitas,* señora Carter? —preguntó.

—Me temo que no —dijo la abuela, secándose los ojos con un pañuelo exageradamente arrugado—. La pobre lleva fuera toda la noche. Espero que no esté por ahí sola o herida.

—Seguro que no. Si fuera así, alguien la habría encontrado —la consoló Emily—. Intente no preocuparse. Seguro que aparecerá pronto.

Seguí a Emily hasta el pasillo.

—¿Estuviste en casa ayer entre las dos y diez y las dos y media, cuando desapareció *Lanitas*? —la interrogué—. Y en caso afirmativo, me preguntaba si, tal vez, percibiste cualquier cosa inusual...

Emily negó con la cabeza.

—Sabes que no. Me viste llegar más tarde.

La vi, ¿o no? También era posible que hubiera estado y que hubiese salido después. A Emily, por otro lado, le encantaba *Lanitas*. De haber notado algo sospechoso, habría sido la primera en decirlo.

—Es por si acaso —le dije—. Me parece tan raro que *Lanitas* haya desaparecido sin que nadie viera ni oyera nada. Quiero decir, es un tipo de mascota que no suele pasar desapercibido.

—Es una perrita encantadora. Siento mucho no poder ayudar, pero te prometo que estaré atenta por si veo algo —me prometió.

—Amy, por favor, ¿puedes ir a la tienda de la esquina para comprar leche? —nos interrumpió la voz de la abuela.

No me hacía ninguna gracia ir a la tienda, pero me sentía tan culpable por haber perdido a *Lanitas,* que en esos momentos habría hecho cualquier cosa para tratar de agradarla.

—¡Claro que sí!

Al final, resultó que la abuela no sólo quería leche, sino un montón de cosas más, como siempre.

Me entregó la lista y salí. Max me siguió. ¡Fantástico! Lo mejor para la imagen de una detective es tener a un mocoso siguiéndola por la calle.

—¿No tienes casa? —le pregunté.

—¡Cómo molas! Si me vas a tratar así, no esperes que te ayude a buscar a *Lanitas* —exclamó y salió corriendo.

El chaval tenía razón. Aunque odiara admitirlo, lo necesitaba. Supongo que no pasaría nada grave si le daba la oportunidad de acompañarme hasta que encontráramos la perrita.

—De acuerdo —grité—. Puedes venir conmigo.

Se dio la vuelta, con los brazos cruzados.

—Bien por ti, pero ya no quiero —contestó, frunciendo el ceño—. A menos que me lo pidas como es debido.

Si lo dejaba salirse con la suya, sentiría que estaba ganando autoridad sobre mí. Por otro lado, ¿sería capaz de llevar la investigación a algún lado sin él? Sopesé la posibilidad de que cumpliera su amenaza y me abandonara. Me había estado siguiendo desde mi llegada. Podría apostar que no iba a dejar de hacerlo ahora.

—Como quieras —dije encogiéndome de hombros, y me di la vuelta para seguir mi camino.

En efecto, unos instantes después, oí sus pasos corriendo tras de mí.

Al entrar en la tienda, vi a la señora Brewson hablando con otra vecina. Nos miró de reojo y enseguida se acercó a la caja para pagar. Apenas me dio espacio para examinar lo que llevaba dentro de su cesta.

—¿Tiene perro la señora Brewson? —le pregunté a Max, susurrándole al oído.

Me miró sorprendido.

—No, ¿por qué?

—Porque ha comprado una lata de comida para perros.

Max se dio la vuelta para comprobar lo que le decía. Lo agarré para que se girara hacia mí.

—No necesita saber que hemos notado algo inusual. Compórtate de la forma más natural posible.

Me di prisa para recoger todos los artículos de la compra de la abuela. Esperaba terminar al mismo tiempo que la señora Brewson, pero ella fue más rápida. Cuando conseguimos salir de la tienda, ya estaba lejos.

—Sabe que estamos tras de ella —le dije a Max—. Por eso se escabulló con tanta prisa.

—¿De verdad piensas que tiene a *Lanitas*?

—Bueno, no creo que haya comprado comida de perros para hacerse una tarta, ¿no? Tú me has contado que *Lanitas* le cae mal y que, además, esa señora no se lleva bien con la abuela...

—Pero si *Lanitas* le cae mal, ¿para qué llevársela? —objetó Max.

Puse los ojos en blanco.

—¡Madre mía! Pues, para darle una lección a mi abuela. ¡Venga! Dejamos la compra en casa y nos vamos de inmediato donde la señora Brewson. Si realmente tiene a *Lanitas,* la vamos a recuperar.

—¡Dejo la compra en la cocina! ¡Vuelvo ahora! —grité a la abuela.

La escuché hablar con el señor Winkleberry y con alguna otra persona en el salón. Cuando él me llamó para que volviera, pretendí no haber oído. A fin de cuentas, sólo era un huésped y no podía darme órdenes. Max me estaba esperando en la puerta de atrás del jardín.

—¿Cuál es el plan? —me preguntó.

Reflexioné unos instantes. Max vivía más cerca de la señora Brewson que yo, así que tendría menos dificultades para observar la parte delantera de la casa.

—Tú te quedas en la parte de delante y haces como si estuvieras jugando en el jardín, y yo observo la parte trasera de la casa.

—Soy demasiado mayor como para «jugar» en el jardín —objetó indignado.

No le hice caso.

—Si oímos o vemos algo sospechoso, lo escribimos. Luego vamos a comparar los apuntes. Ah, si la señora Brewson sale, me lo dices de inmediato. ¿Vale?

—¿Cuánto tiempo tenemos que estar observando la casa?

—El que haga falta.

Fui hasta la parte de atrás e intenté encontrar un agujero en la valla para mirar, pero no había ninguno. No podía ver nada desde el jardín, así que llegué a la conclusión de que tendría mejor vista desde la ventana de mi habitación del ático. Entré al hostal, pero en cuanto puse un pie dentro me pilló el señor Winkleberry:

—Tu abuela está durmiendo la siesta. Ayúdame a preparar la cena.

—Estoy ocupada —protesté.

—No me digas. Pensaba que te apetecería ayudarla. Como el disgusto que lleva encima es justamente por tu culpa...

¡Menudo chantajista! Me mandó pelar patatas y picar repollo, mientras él se limitaba a meter las chuletas de cerdo en el horno. Seguro que me habría mandado fregar el suelo y pasar la aspiradora si antes no hubieran llamado al timbre.

Era Max.

—¿Dónde has estado? —preguntó—. Pensaba que estarías observando la parte trasera de la casa de la señora Brewson.

—Lo he hecho hasta que el señor Winkleberry me obligó a ayudarle con la cena —expliqué—. ¿Ha pasado algo?

—La sospechosa acaba de salir —dijo Max—. ¿Y a que no sabes qué? —Hizo una pausa dramática.

—¿Qué?

—Acabo de oír el ladrido de un perro dentro de su casa.

Acorralada 5

—Es ella quien tiene a *Lanitas.* ¡Lo sabía! ¡La voy a sacar de allí! —le dije a Max.

—¿Cómo?

—Voy a encontrar la manera de entrar en esa casa. Tú vas a quedarte aquí observando. Si la señora Brewson vuelve, me avisas.

—¿Cómo?

¡Cuántas preguntas! El chico me sacaba de quicio, de verdad. Busqué en mis bolsillos hasta encontrar el silbato que siempre llevaba encima. Se lo di.

—Lo haces sonar tres veces.

Temiendo que Winkleberry me volviera a pillar en cuanto entrase en la cocina para que le ayudara, me fui corriendo hacia la parte de atrás de las casas. Miré por encima de la puerta trasera de la valla de la señora Brewson. No había nadie en el jardín, con la excepción de *Kittikins,* hecho un ovillo debajo de un arbusto.

Giré el pomo y, afortunadamente, la puerta se abrió. Entré con cuidado, cerré despacito y me acerqué paso a paso a la casa sin hacer ruido. Pegué la cabeza al muro y me concentré para escuchar bien. Percibí un gimoteo, como el sonido que haría un perro al que dejan completamente solo en un lugar desconocido. No podía ser de otra forma: *Lanitas* estaba dentro. Tenía que liberarla.

Intenté abrir la puerta trasera de la casa, pero, como esperaba, el secuestrador la había cerrado con llave. Busqué con la mirada alguna ventana abierta. Encontré una a medio cerrar en la primera planta. Sólo haría falta trepar hasta allí por la cañería y meter la mano por la rendija. Entonces podría abrir esa ventana y colarme.

Al subir, el canalón se movía y hacía ruido. Tuve miedo de que se desprendiese y terminara enviándome al suelo, o de que alguien oyese el ruido y me viera trepando. No sabía cuál alternativa sería peor;

de cualquier manera, mi vida se convertiría en un infierno.

Cuando había recorrido más o menos la mitad del camino, oí que alguien salía de la casa vecina a la vivienda de Max. Miré hacia abajo y vi a una señora mayor, alta y delgada como un palo, que llevaba una bolsa de basura y se dirigía hacia un cubo al fondo del jardín, al lado de la valla. Debía de ser una de las hermanas Arnold, de las que ya tenía noticia por Max.

Me preguntaba por la salud visual de la mujer, porque, si no era ciega, me descubriría colgada de la cañería de su vecina en el momento de darse la vuelta. No me atreví a volver a bajar para evitar hacer más ruido. Sólo podía quedarme quieta, casi sin respirar, y esperar que no me viera.

—¡Ethel!

¡Menuda suerte la mía! La segunda hermana acababa de salir. Era como una versión hinchada de la primera. Se parecían mucho, sólo que ésta era más rellenita. Ethel se dio la vuelta para mirar a su hermana.

«Por favor, no mires hacia acá», recé en silencio. «¡Por favor!».

—Date prisa, Ethel —dijo la rellenita—. Se te está enfriando el té.

Ethel vació la bolsa y volvió a entrar en la casa.

¡Ufff! Por los pelos. Seguí trepando tan rápido como pude, abrí la ventana y entré. Casi mandé al suelo la figurita de porcelana de una señora con un parasol. La desplacé un poco a lo largo del alféizar y bajé al suelo del dormitorio. Era anticuado, con un enorme armario de roble y una inmensa cama de madera con un edredón de flores. ¡Por fin dentro! Ahora tenía que localizar a *Lanitas* y volver a salir antes de que regresara la dueña de casa.

Abrí la puerta del dormitorio y avancé hasta el descansillo de la escalera, intentando captar cualquier ruido que me indicara el lugar donde pudiera estar oculta *Lanitas.* El mismo gimoteo de perro de antes llegaba hasta mí desde la planta baja. También noté el ruido de unas patas que se acercaban a la escalera.

—*¡Lanitas!* —grité, bajando deprisa.

«¡Guau! ¡Guau!».

Un momento. Ese ladrido sonaba todavía menos amigable que el del chucho de la abuela.

«¡Grrr!».

Un pitbull enorme, marrón y con una cara muy antipática, y que, a juzgar por la contundente evidencia no era *Lanitas,* se asomó al pie de la escalera y empezó a subir, saltando los escalones de dos en dos.

Me di la vuelta y corrí hacia el dormitorio, con el pitbull en los talones. De puro milagro conseguí entrar y dar un portazo sin que me arrancara un trozo de carne. Me apoyé en la puerta cerrada mientras esperaba que mi corazón volviese a latir a un ritmo razonable. El perro se abalanzó contra el otro lado de la puerta, intentando abrirla con la fuerza del impacto. ¡Madre mía! Había faltado muy poco.

En ese momento, sonó tres veces el silbato.

¡Ay, no! Era Max. Me avisaba de la llegada de la señora Brewson. Tenía que salir, ¡y sin demora! Corrí hacia la ventana, me arrodillé y descubrí que las Arnold habían vuelto a salir al jardín. Me horroricé al oír que la puerta de la casa se abría. El pitbull bajó la escalera para saludar a la señora Brewson. ¡Me tenían acorralada!

«¡Piensa, Amy, piensa!», me dije.

¿Qué haría Vince Bronson si estuviese en mis zapatos? No se cansaba de decir a Mac que cualquier situación, por complicada que fuese, tenía como mínimo una salida.

Me asomé otra vez a la ventana. Las hermanas seguían allí, pero no estaban mirando en mi dirección. ¿Debería arriesgarme?

También vi a Max corriendo como una ardilla entre las casas. Seguramente quería comprobar que yo hubiese tenido tiempo para salir. Me puse de pie y señalé hacia donde estaban reunidas las hermanas Arnold. Afortunadamente, Max comprendió que había peligro. Fue rápido, debo reconocérselo. Llamó de inmediato a la puerta de su valla. La hermana rellenita le abrió, con la hermana palo detrás.

—Perdonen que las moleste —dijo Max en voz alta—. No sé si han oído que *Lanitas,* la perrita de tita Sue, ha desaparecido.

—¿Cómo? ¿Esa pequeña perrita tan dulce? —exclamó la hermana palo.

Max asintió y empezó a contarles la historia. Esperé que consiguiera mantenerlas ocupadas mientras yo escapaba. Me subí al alféizar sin acordarme de la figurita. Le di una patada sin querer y se cayó por la ventana.

Afortunadamente, Max se dio cuenta y tosió fuerte para disimular el estrépito de la porcelana contra el suelo. Me deslicé por la cañería y salté antes de llegar a la parte menos estable y más ruidosa. Caí sobre una planta blanda, pero aún así me di un buen golpe en el trasero. Me acababa de poner de pie, cuando se abrió la puerta de la casa y el pitbull salió corriendo. La bestia se acercó a mí de forma poco amistosa, ladrando como un loco. Mis instintos me decían que echara a correr, pero sabía que no era buena idea. Decidí quedarme quieta, y ordené con voz alta y firme:

—¡NO!

Así se lo había visto hacer a Vince en una de sus películas y el perro había dejado de ladrar al instante. El pitbull, sin embargo, no había visto mucho cine, pues siguió con el escándalo.

—¡Calla, *Buster*! —dijo la señora Brewson al salir al jardín. Me miró sorprendida y agarró el collar del perro—. ¿Qué haces tú aquí? —preguntó.

—Hola, señora Brewson —respondí—. Estaba a punto de llamar al timbre.

El pitbull me miró como si tuviera ganas de hacerme trizas. Tiraba del collar con tanta fuerza, que la señora estuvo a punto de caer al suelo.

Kittikins salió de debajo del arbusto, se paseó por delante de *Buster* muy despacio y con la cola hacia arriba, y se metió en casa. ¿Era éste el gato que le tenía terror a *Lanitas*?

—*¡Buster!* ¡A casa! —mandó la señora Brewson.

Abrió la puerta de par en par, empujó a la odiosa bestia hacia adentro y volvió a cerrar. De nuevo, se giró hacia mí.

—¿Qué estás haciendo en mi jardín? ¿Por qué no has venido a la puerta de la calle si querías hablar conmigo?

Señalé hacia la figurita rota.

—Le quería avisar de que se había dejado la ventana abierta y que el viento ha tirado esta figurita.

Ni Vince lo habría solucionado con tanto estilo. ¡Menuda cabeza fría en una situación de crisis!

La señora Brewson miró hacia la ventana.

—¡Vaya despiste! Ahora me explico por qué *Buster* estaba ladrando en el primer piso cuando he entrado. Habrá oído el ruido y pensaría que había un ladrón.

—No sabía que tenía perro —nos interrumpió Max, asomándose por encima de la puerta de la valla.

—Es la mascota de mi hermana. Lo estoy cuidando mientras ella está de vacaciones —explicó la señora Brewson—. Bueno, gracias por decirme lo de la figurita. Eso sí, la próxima vez, preferiría que vinieras a la puerta de la calle, ¿vale? No quiero que *Buster* se escape, como pasó con la perrita de tu abuela.

Con lo cual, no habíamos avanzado nada respecto a la búsqueda de *Lanitas,* concluí al salir por la puerta —puerta que la señora Brewson cerró con convicción y con pestillo a mis espaldas—. Por otro lado, para resolver un crimen, como decía Vince, lo que había que hacer era descartar a los sospechosos uno por uno. Al menos ya podía borrar de la lista a la señora Brewson. O tal vez no. El hecho de que *Lanitas* no estuviera escondida en su casa, no significaba que no pudiera haber abierto la valla para que se escapara. De todas formas, después de tantas horas emocionantes de investigación, seguíamos sin saber si *Lanitas* había desaparecido o había sido secuestrada.

Perrita a la vista 6

Al día siguiente, apareció un artículo en el diario local sobre la desaparición de *Lanitas.* Salió en la cuarta página y el titular decía: «Desaparece perra ganadora de premios». Había una foto de *Lanitas* con un breve artículo. Se pedía llamar a la comisaría local a quien tuviese información sobre su paradero, y se mencionaba una recompensa de cien libras por devolverla sana y salva.

Al parecer, la persona con la que habían estado hablando el día anterior mi abuela y Winkleberry era un periodista.

Me molestó haber perdido la ocasión de intercambiar impresiones con alguien de la prensa, y todo por dejarme perseguir por un pitbull cabreado y casi romperme el cuello subiendo y bajando la cañería. Mi abuela se enfadó al ver que el artículo no estaba en primera página, y el señor Winkleberry se quejó de que no lo hubieran mencionado. Solamente habían escrito «un huésped».

—Vamos a imprimir unos carteles —dijo la abuela—. Es idea de David..., del señor Winkleberry. *Lanitas* está asegurada, con lo cual la compañía va a pagar los gastos y también parte de la recompensa.

—Me parece buena idea. Cuanta más publicidad hagamos, mayores son las probabilidades de encontrarla —aprobé—. Te voy a ayudar a repartirlos. Estoy segura de que estará en casa antes del domingo que viene.

—Eso espero, Amy. Los carteles estarán listos a las dos. ¿Puedes ir a recogerlos a la imprenta y repartirlos esta misma tarde? Pide en las tiendas del pueblo que te dejen ponerlos en los escaparates.

En ese momento, sonó el teléfono.

—Yo contesto —dije—. Buenos días, Vista del Mar. ¿En qué le puedo ayudar?

—¿Me podría poner con la señora Carter? Mi nombre es Mudlark.

¡Mudlark! El competidor de la abuela.

—¿Quién es, Amy?

—Emmm..., sí..., es el señor Mudlark. —Le pasé el auricular.

Pretendí mirar algo en mi móvil y no escuchar su conversación, pero deduje que Mudlark decía que sentía mucho lo que había pasado y que esperaba que *Lanitas* volviera a tiempo para participar en el concurso.

—¡Qué amable el señor Mudlark al llamarme! —dijo la abuela después de colgar—. Ha dicho que está preocupado. Piensa que detrás de la desaparición de *Lanitas* podría haber una banda organizada. El pobre teme que sus perros también estén en peligro. He prometido darle noticias en cuanto sepamos algo.

—Pensaba que erais rivales —comenté.

—Supongo que sí. Por eso es todo un detalle que haya llamado.

«Más extraño aún», pensé. Podía estar disimulando para ver si sospechábamos de él.

—¿Vive cerca de aquí? —pregunté.

—A media hora, en Frimplea —respondió la abuela, mirándome fijamente—. ¿Por qué tantas preguntas, Amy?

Media hora. Suficiente como para venir en coche, dejar salir a *Lanitas* y acabar con sus posibilidades en el concurso. O incluso para secuestrarla. Pero claro, opté por no decirle nada de esto a la abuela. Una buena detective como yo prefiere guardarse ciertas cosas.

—Por nada. —Me encogí de hombros, pero decidí que, en cuanto pudiese, iría a casa de Mudlark para espiarlo.

Después de comer, me metí la grabadora en el bolsillo y me fui a la imprenta. Esperaba cruzarme con algún vecino para entrevistarlo acerca del caso de *Lanitas.* La gente suele medir sus palabras cuando el cuaderno y el boli están a la vista. Además, si grababa las conversaciones, después podría escucharlas más veces y fijarme en los matices de voz, y así tener más pistas.

Encontré la vieja bici de mi abuelo. Parecía salida de la Edad Media, pero al menos podría ir más rápido que a pie, y tenía una cesta en la parte de atrás, perfecta para llevar los carteles. Eso sí, me tranquilizaba que mis amigos no me vieran montada en semejante trasto. Sobre todo Rory. Se mearía de la risa.

—¿Adónde vas? —gritó Max desde la ventana de su habitación.

Por una vez, me alegré de verlo. Sería de gran ayuda para empapelar la ciudad.

—A la imprenta, para recoger los carteles de *Lanitas*. Y luego iré de tienda en tienda repartiéndolos. ¿Te vienes?

—¡Claro que sí! Voy a sacar mi bici.

Un par de minutos después, Max salió con una bici azul mucho más chula que mi antigualla. Me lanzó una mirada de lástima.

—Era de mi abuelo —expliqué—. Tendrías que ver la que tengo en mi casa: plateada, con el sillín rebajado y llantas de aleación y cromo, no veas cómo mola.

No pareció muy impresionado.

—Si quieres, mi hermana te deja la suya. Apenas la utiliza —ofreció.

—No, gracias, no hace falta.

En el camino vimos a una vecina arrancando la mala hierba en su jardín. Max me explicó que se trataba de la señora Crystal, la dueña del hostal que competía con el de mi abuela.

—Voy a hacerle unas preguntas y grabaré lo que diga. Déjame hablar a mí —le indiqué a Max.

Metí la mano en el bolsillo para activar la grabadora y me acerqué a la señora para hablar del caso de *Lanitas.* Resultó ser una mujer muy simpática, pero me aseguró que no había visto ni oído nada sospechoso. Tampoco consiguió hablar mucho, porque Max no dejó de entrometerse. Me entraban ganas de estrangularlo.

—Te había pedido que te callaras y que me dejaras hablar a mí —le dije con brusquedad cuando ya nos habíamos montado en las bicis—. No quiero tener la cinta llena de tus tonterías.

—Pero tú no conoces a nadie. ¿Por qué iban a hablar contigo? —contestó—. Además, mis preguntas también podrían ser importantes, ¿no?

No le faltaba razón. Supuse que la mejor estrategia sería que él hiciera el primer contacto, ya que conocía a todo el mundo.

—De acuerdo. Entonces, tú hablas primero, pero luego me dejas a mí, a no ser que tengas que decir algo muy, pero muy importante. ¿Vale?

El encargado de la imprenta era un señor muy hablador y creía tener claro lo que había sucedido con *Lanitas*. Pensaba que una banda organizada la había secuestrado.

—Primero averiguan quién tiene un perro de valor y lo vigilan —aseguró.

Argumenté que la banda no podía saber que *Lanitas* estaba sola en el jardín en ese momento, pero él puntualizó que podrían haber estado al acecho durante días.

—Hay mucho dinero en el mercado negro de perros con pedigrí —añadió.

No me convenció, pero, de cualquier manera, había grabado nuestra conversación.

Después nos pasamos casi dos horas repartiendo carteles. En algunas tiendas nos dejaban poner uno en el escaparate; en otras, lo pegamos en una pared en el interior. Dejamos también unos cuantos en la biblioteca y en los buzones de los vecinos. En el camino nos encontramos con mucha gente que planteaba diferentes teorías acerca de la desaparición de *Lanitas*. Ya tenía ganas de llegar a casa para escuchar todo lo grabado y analizar si había algo sospechoso. Durante las grabaciones, las continuas interrupciones de Max no me dejaban pensar con claridad.

Al entrar al Vista del Mar, vi al señor Winkleberry en su coche, con el motor en marcha, y a la abuela a punto de subirse.

—Acaban de llamar —me gritó nerviosa—. Creen que han visto a *Lanitas* cerca del puerto.

—¿Puedo ir? —pregunté—. Me siento tan mal por haberla perdido. Me gustaría estar allí cuando la encontremos.

—¡Yo también voy! —dijo Max.

—Sube rápido, Amy Tú no, Max. Vete a casa. Tu madre te está buscando.

Max intentó protestar, pero en ese momento salió su madre y lo mandó entrar. Dejé la bici en el jardín, subí al coche y salimos. Sin embargo, al llegar al puerto, no había ni rastro de *Lanitas,* ni siquiera de otro perro.

—Se habrá metido en cualquier parte —lamentó la abuela—. ¡Ojalá esa mujer la hubiera agarrado para llevarla a casa!

La abuela había traído el juguete preferido de *Lanitas,* uno que soltaba un chillido si lo apretabas, y con eso la llamaba continuamente, pero no hubo respuesta. Nos pasamos varias horas buscándola. Al final, volvimos a casa agotados y sin perro.

—Me muero por poner los pies en alto y tomarme un té —confesó la abuela al sacar las llaves.

Al abrir la puerta, encontramos un sobre blanco en el suelo. Ponía «SRA. CARTER» en grandes letras mayúsculas.

—¿Quién me dejaría una carta a estas horas? —dijo al recogerla.

Dentro del sobre había un solo folio.

—¡Dios mío! —exclamó y se puso pálida—. Dice que si quiero que *Lanitas* vuelva, tendré que pagar dos mil libras.

7 Viva o muerta

—Hay que llamar a la policía —exclamó el señor Winkleberry—. No voy a permitir que te chantajeen.

—No puedo. También dice que, si llamo a la policía, no volveré a ver viva a *Lanitas.* Mira. —Mi abuela le enseñó la carta, con la mano temblando.

—¿Me dejas ver la carta? —pregunté rápidamente.

Ésta era la primera prueba física con que contaba y quería examinarla con atención. Además, era importante evitar que la abuela y el señor Winkleberry se precipitaran tomando decisiones a la ligera, como llamar a la policía, sin que yo tuviera la oportunidad de enterarme de si la carta realmente provenía de los secuestradores de *Lanitas,* o de alguien que sólo quería enriquecerse a costa de la desesperación y vulnerabilidad de la abuela.

Respiré profundamente y empecé a leer:

Si quiere que Lanitas vuelva, le costará 2.000 libras. Espere nuestras instrucciones para entregar el dinero. ¡No hable con la policía o nunca volverá a ver viva a su mascota!

—Bueno, ahora ya sabemos que el autor de la nota es de por aquí, o tiene un cómplice que vive cerca —dije.

—¿Por qué?

—Han traído la carta personalmente, abuela. Es incluso probable que haya sido la misma persona que te ha llamado antes para que perdiéramos el tiempo en el puerto.

—¿Quieres decir que alguien nos ha obligado a salir para dejar la carta? —La abuela estaba realmente enfadada—. Sería terrible que alguien del pueblo hubiera secuestrado a mi princesita. ¡Incluso podría estar vigilándonos ahora mismo, para ver qué vamos a hacer!

—Yo creo que la carta es falsa y que tenemos la obligación de informar a la policía ahora mismo —opinó el señor Winkleberry, quitándome la hoja de la mano—. Y cuanto menos la toquemos, mejor. Podría tener huellas dactilares.

A la abuela no le hacía gracia involucrar a la policía, pues temía poner en peligro la vida de *Lanitas*, pero al final cedió y acordamos llamar a primera hora de la mañana siguiente. Guardó la carta en el cajón superior del mueble de su despacho privado, junto a los demás documentos importantes.

Yo quería volver a mirar la hoja antes de que la policía se la llevara. La abuela solía levantarse a las siete para preparar el desayuno, así que puse la alarma de mi móvil a las seis y media de la mañana.

Tras despertarme, bajé en silencio. Al pasar por la cocina, me sorprendió que la puerta trasera del hostal estuviera entreabierta. La abuela siempre se aseguraba de que todas las puertas estuvieran cerradas antes de acostarse. Luego, escuché la voz de alguien hablando muy bajito. Me asomé a la ranura de la puerta y vi a la señora McFarlane hablando por el móvil.

—Con *Lanitas* fuera de juego, seguro que gana *Maisy-May,* John, y se te acabarán todas las preocupaciones —dijo.

¡Maisy-May! ¡La perrita del señor Mudlark! ¿Hablaba la señora McFarlane con Mudlark? Agucé el

oído, pero la mujer se alejó de la casa y no conseguí escuchar nada más. Unos minutos después, terminó la llamada y regresó hacia la puerta. Me apresuré para llegar al salón privado mientras hacía un esfuerzo por digerir la nueva información: la señora McFarlane y el señor Mudlark se conocían.

Se había levantado temprano para hablar con él sin que nadie, ni siquiera su marido, se enterara. Había dicho que, sin *Lanitas* de por medio, *Maisy-May* ganaría la competición canina.

¿Sería posible que los dos fueran cómplices de un complot para que su perrita saliera vencedora? Pero, ¿cómo podría acabar su triunfo con las preocupaciones del señor Mudlark? Hasta donde yo sabía, los ganadores recibían una copa o un lazo. ¿Había premios en dinero?

Abrí el cajón del mueble, saqué la carta y volví a leerla. Podría tratarse de una prueba importante y quizá haría falta consultarla más adelante. Le saqué una foto con el móvil, abrí una carpeta nueva llamada «Expediente *Lanitas*» para guardarla, y devolví la carta al cajón. Cuando estaba subiendo por la escalera para volver a mi habitación, se abrió la puerta principal y entró Emily. Se sorprendió mucho al verme.

—¡Qué madrugadora, Amy! —dijo—. ¿Hay noticias de *Lanitas*?

—Anoche recibimos una carta anónima que exigía un rescate —respondí—. Parece que alguien la secuestró por dinero.

Emily frunció el ceño.

—O tal vez alguien se está aprovechando de la situación para sacarle dinero a tu abuela.

—Sí, también hemos pensado en eso —asentí—. ¿Qué crees tú que le ha pasado a la perrita? —pregunté—. ¿Piensas que ha sido secuestrada?

—No lo sé, Amy, no lo he pensado. Pero *Lanitas* es una perrita encantadora, y estoy segura de que, si la han secuestrado, no le van a hacer daño —respondió—. Bueno, me voy a duchar. Anoche me encontré con una amiga y se nos hizo tarde. Acabé durmiendo en su sofá.

—Vale, hasta luego —me despedí.

Desde lo alto de la escalera, Emily volvió a dirigirse a mí.

—No te sientas mal por lo que ha pasado, Amy. No ha sido culpa tuya.

—Gracias —le dije, aunque no podía evitar sentirme culpable. Con excepción de Emily, parecía que todo el mundo me echaba la culpa. Precisamente por eso me empeñaría en hacer todo lo posible para encontrar a *Lanitas*.

Volví a mi habitación, saqué mi cuaderno, busqué una página en blanco y escribí: «Carta de rescate: ¿qué sospechoso pudo haberla enviado?».

Revisé mi lista y suspiré. No podía excluir a nadie, con la excepción de la señora Brewson. Era poco probable que escondiera a *Lanitas* en la misma casa donde tenía a aquel pitbull loco.

¿Y Winkleberry? No había tardado ni un minuto en sacar de casa a la abuela después de la llamada. ¿Podría ser cómplice del secuestrador? Pero era tan amigo de la abuela. Me parecía descabellado que intentara sacarle dos mil libras. Rechacé la idea. No, no haría algo así. Había dicho con determinación que pensaba que la carta era falsa.

Por otro lado, noté que se había dado prisa en esconder el documento después de decir que no deberíamos tocarlo.

El caso se complicaba. Tenía que haber una pista en algún lado que me llevara hasta el responsable del secuestro de *Lanitas,* y la tenía que encontrar pronto o no la recuperaríamos a tiempo para el concurso.

Decidí reconducir mi investigación hacia el señor Mudlark. Aquella llamada telefónica con la señora McFarlane me había parecido muy sospechosa y, además, como el mayor competidor de la abuela, era la persona que mayor beneficio sacaba con la desaparición de *Lanitas.*

Necesitaba obtener su dirección para hacerle una visita discreta. Seguro que mi abuela la tenía, pero al pedírsela era lógico que indagara y terminara por enterarse de mis planes y, en consecuencia, me prohibiera ir a hacer mi trabajo. De haber tenido acceso a Internet en el hostal, podría haber buscado la dirección y, además, investigar cuánto dinero se llevaba el perro ganador en el concurso. ¿Sería suficiente como para resolver los aparentes problemas económicos de su dueño?

El olor a beicon y salchichas subió hasta mi habitación y se me hizo la boca agua. Me moría de hambre. Guardé el cuaderno y bajé. El señor Winkleberry y los McFarlane ya estaban a la mesa.

—Tu desayuno está en el horno —dijo la abuela cuando llegué a la cocina—. Ten cuidado, el plato está muy caliente.

—Gracias. —Me puse la manopla de horno—. ¿Ya has llamado a la policía? —pregunté mientras sacaba mi comida.

—Sí, más tarde pasará un detective.

—Bien. —Hice una pausa—. ¿Sabes si hay un cibercafé cerca? —pregunté—. Tengo que mirar mi correo.

—En la biblioteca tienen Internet —me contestó—. Es gratis para los niños.

—¡Qué bien! ¿Dónde está?

—Al lado de la imprenta. Es un edificio muy grande. Lo verás enseguida.

En cuanto desayuné, salí para allá. Quería volver a casa antes de que llegara la policía.

—¿Adónde vas? —me preguntó Max cuando me vio en la calle con la bici.

—A la biblioteca.

Decidí ponerlo al día con las noticias de la carta de rescate y la llamada entre la señora McFarlane y Mudlark.

Quiero buscar su dirección en Internet. Mi abuela no tiene acceso.

—Si quieres, te dejo utilizar nuestro ordenador —me ofreció—. Tenemos banda ancha.

—¡Qué bien! ¿A tus padres no les importa?

—Claro que no. Sólo está mi madre, y le puedo decir que tienes que hacer un trabajo para el *insti.*

—¡Guay!

La madre de Max estaba preparando la colada. Sólo hizo un breve gesto de asentimiento cuando le dijimos que íbamos a utilizar el ordenador. Max se conectó e hice una búsqueda de criadores de bichón frisé. No tardé en encontrar la dirección y el teléfono de Mudlark. Después, busqué información acerca de los premios de concursos de perros, pero no me tope con nada interesante. Decidí localizar la asociación de criadores y llamar desde mi móvil con el pretexto de hacer un trabajo de clase:

PODCAST 2

Escúchalo en www.sehacesaber.org

Colgué y le conté todo a Max.

—A eso se refería la señora McFarlane esta mañana. Puede que ella y el señor Mudlark hayan planeado juntos el secuestro de *Lanitas.*

—¿Y la carta de rescate?

—Podría ser una pista falsa para desviar nuestra atención. Voy a hacerle una visita a Mudlark —dije, a la vez que imprimí un mapa con las indicaciones para encontrar su dirección.

—Voy contigo.

—No, Max. Si Mudlark realmente tiene a *Lanitas* y se entera de que estoy detrás de él, esto se va a poner peligroso.

—Ah, ¿sí? ¿Y quién te cubrirá las espaldas si no yo?

Reflexioné un momento.

—Vale, pero vas a hacer todo lo que yo diga, ¿de acuerdo?

8 El rescate

Cuando la abuela me dijo que había media hora hasta la casa de Mudlark, supongo que hablaba de ir en coche. Para llegar, empleamos más de una hora en bici. Menos mal que la madre de Max nos había dado una botella de agua y una bolsa de patatas fritas para el camino.

El Criadero Canino Trillington, la residencia de Mudlark, se encontraba al final de una fila de casas enormes, al lado de un solar. Era un edificio impresionante, nada que ver con los que había en la zona del hostal. Debía de ser un hombre muy rico. O bien, un hombre con muchas deudas, lo que se convertía en un motivo ideal para que su perrita se viese obligada a ganar el concurso.

Sentía curiosidad por saber si a Mudlark no le molestaba que su mayor competidora fuera mi abuela, una mujer mayor con una sola mascota. Ella no poseía ningún criadero especializado. Sólo se había comprado a *Lanitas,* cuando se marchó mi abuelo, para tener compañía. Luego la inscribió en los concursos por ocuparse en algo. Y ahora su perrita tenía una vitrina llena de premios y era una de las favoritas para ganar el mayor concurso de perros de toda Inglaterra.

No había ningún coche delante de la casa, pero eso no significaba que Mudlark se hubiese ausentado. De hecho, había un garaje cerrado. Pasamos la casa y, cuando llegamos a la altura del solar, le dije a Max que se detuviera.

—Supongo que utiliza el terreno para entrenar a los perros. Tiene que haber un acceso desde aquí a la casa. Vamos a esconder las bicis detrás de este seto y a intentar acercarnos a la casa sin que nadie nos vea.

No me equivocaba. Una puerta con un gran candado separaba ese campo del jardín de la casa del señor Mudlark. Justo delante de nosotros se alzaban las casetas de los perros. Teníamos suerte: afortunadamente, era imposible verlas desde la casa.

—Voy a entrar para buscar a *Lanitas*. Avísame si alguien sale —ordené a Max—. ¿Has traído el silbato del otro día?

Lo sacó del bolsillo.

—Lo haré sonar tres veces si veo a alguien.

Cuando estaba saltando la valla, Max me llamó.

—Toma. —Me alcanzó una bolsa que se había sacado del bolsillo—. Son golosinas para perros. Te podrían hacer falta.

—¿Golosinas para perros? —Abrí la bolsita y vi unas galletas caninas—. Gracias.

Me guardé el paquetito en el bolsillo, bajé de la valla y me acerqué corriendo a las casetas. A lado y lado de la hilera había una rejilla metálica que me permitía ver las casetas y sus ocupantes. Miré las que quedaban del lado izquierdo. Había cuatro. Me desconcerté al darme cuenta de que en cada una había un bichón frisé. Por otra parte, no era un hecho novedoso, ya que era la raza que criaba el señor Mudlark. Pero cada chucho era idéntico a los demás. ¿Cómo iba a encontrar a *Lanitas*?

Cuando me acerqué, los perros se pusieron a ladrar como locos. Les di a todos una de las golosinas de Max, para ver si se callaban.

—*Lanitas*. Toma una galleta, chica —dije dirigiéndome a todos, con la esperanza de que alguno aguzara el oído y se acercara.

Ninguno lo hizo.

Me fui al otro lado de la rejilla. Encontré perros que parecían terriers, con el pelo largo y resplandeciente. Por fin, en la última caseta, me topé con una bichón frisé que llevaba un collar rosa con brillantes.

¡Lanitas!

¡La había encontrado!

—¡Hola, *Lanitas*! ¿Cómo estás, chiquilla? —dije con voz bajita.

Me miró con desdén.

—Toma, *Lanitas* —le dije al agacharme y acercarle una golosina.

Ladeó la cabeza y me observó con curiosidad, pero no recogió la galleta.

Me di cuenta de que no había ninguna puerta en esa parte de la rejilla metálica. Supuse que habría una entrada que llevara directamente a las casetas. Me acerqué al costado que daba a la casa y encontré la puerta. Estaba abierta. Si bien me facilitaba las cosas, también indicaba que Mudlark seguramente estaría cerca. De haberse marchado, lo más lógico es que hubiese cerrado la puerta con llave. Miré hacia la casa por si venía alguien. Ni una sombra, así que decidí entrar en la zona de las casetas.

Los perros volvieron a ladrar. Si Mudlark estaba, no tardaría en salir para ver qué sucedía. Me tenía que dar prisa.

—*¡Lanitas!* ¡Ven! —llamé al abrir el pestillo de su caseta. Me agaché y le acerqué de nuevo la golosina.

Me miró con cautela y se acercó poco a poco.

—Ven conmigo, chiquilla —le dije en voz baja, tratando de imitar la técnica de la abuela—. Toma la galletita.

Cuando se animó a tomar la golosina, la pillé por el collar y la saqué de la caseta. Se puso furiosa.

Gruñó, tensó las patas y se negó a moverse un solo milímetro.

—No seas tonta —le dije—. No hay tiempo para ponerse terca. Estoy intentando ayudarte.

Lanitas volvió a gruñir e intentó pillarme la mano, pero la aparté a tiempo.

Los demás perros se pusieron histéricos. Intenté no dejarme vencer por el pánico. Tenía que levantar a *Lanitas* y salir corriendo, pero antes, era imprescindible taparle el morro, a no ser que quisiera andar por ahí sin dedos. Me había atado un jersey con capucha en la cintura antes de salir de casa, por si hacía fresco, y lo utilicé para envolverla.

—Lo siento, niña —le dije al recoger en mis brazos el paquete inquieto de pelos—. Lo estoy haciendo por tu bien, créeme.

Salí corriendo del área de las casetas y regresé al campo en el que esperaba Max.

—¡Tengo a *Lanitas*! —le dije jadeando mientras saltaba la valla con el bulto vivo debajo del brazo izquierdo—. ¡Rápido! ¡Vámonos!

—¿Así que realmente fue el señor Mudlark quien secuestró a *Lanitas*? —preguntó Max mientras cruzábamos el campo—. ¿No deberíamos llamar a la policía?

—Primero vamos a llevarla donde mi abuela. Luego llamaremos a la *poli.*

Ya habíamos llegado hasta las bicis y le entregué la perrita empaquetada a Max

—Agárrala mientras las pasó por encima de la valla. ¡Pero no le quites el jersey! —le di una voz, al ver que estaba a punto de levantar la tela para curiosear.

Pasé las dos bicis al otro lado, salté la valla y recibí de nuevo a *Lanitas.* La metí en la cesta de mi antigualla y ajusté la cinta, esperando que resistiera los embates de la perrita.

—No puede respirar —protestó Max.

—Claro que puede —lo tranquilicé—. El aire traspasa la tela, y el jersey no está muy apretado. Además, en cuanto nos hayamos alejado de la casa, la voy a sacar.

Para salir, tuvimos que pasar otra vez por delante de la casa del señor Mudlark. No había otro camino. Pedaleando a toda velocidad, alcanzamos a ver a un señor de pelo oscuro cortando el césped del jardín. ¿Sería el criador de perros? Si lo era, resultaba muy razonable que no hubiera oído los ladridos de sus animales: el ruido del cortacésped lo mantenía aislado.

—Compórtate de forma natural —le dije a Max—. Nadie va a sospechar de dos niños en bici.

Al llegar a la altura de la casa, el hombre apagó el cortacésped y caminó, con una ligera cojera, hacia la parte lateral del edificio, donde estaban las casetas, sin mirar en nuestra dirección.

—Acelera —le grité a Max.

Prefería estar lo más lejos posible en el momento en que el señor Mudlark se diera cuenta de que *Lanitas* había desaparecido.

Avanzamos rápido y salimos del pueblo. Hubiera preferido no detenerme hasta llegar a Little Cragg, pero estaba preocupada por la pobre de *Lanitas* en la cestita. En cuanto lo consideré seguro, le di una voz a Max:

—Detente en la vereda, al lado de esos garajes. Quiero ver si *Lanitas* está bien.

—¿De qué estás hablando? —preguntó Max desconcertado—. ¿Qué es una vereda?

—¡Esto, bobo! —contesté, mientras me detenía al lado de los garajes.

—Se llama acera, no vereda —gruñó Max parando a mi lado.

Sin hacerle caso, me bajé de la bici y abrí la cesta. *Lanitas* soltó un gruñido e intentó pillarme el dedo.

—¡Ay! ¡Me ha mordido! —grité, frotándome.

Lanitas se salió del jersey y sacó la cabeza de la cesta.

—La tomaré en mis brazos. Está más acostumbrada a mí que a ti —dijo Max—. Ven, *Lanitas.*

Se sacó una golosina del bolsillo. Lanitas la aceptó y consintió a regañadientes que Max la levantara.

—Pobrecita. ¿Estabas asustadita? —preguntó en un tono patético de chica.

—Amy —dijo de repente.

Gracias a mi experiencia como detective, capté en su voz un ligero temblor que me llamó la atención. Mi pericia también me llevó a notar que observaba a *Lanitas* con un gesto muy extraño.

—¿Qué pasa?

—Está perrita... no es *Lanitas*.

9 Doble problema

—¿Cómo que no es *Lanitas*? —pregunté—. Mira el collar rosa. Claro que es ella.

—No —insistió Max—. *Lanitas* tiene la zona alrededor de los ojos más oscura, y sus ojos no son tan negros.

—¿Estás seguro? —Miré a la perrita fijamente. Estaba confundida. A mí me parecía igual que *Lanitas.*

Max asintió con seriedad.

—Totalmente. Seguro que no es. Por eso te ha mordido. Está asustada.

La perrita estaba lamiéndole la mano a Max. Parecía plena de felicidad. Era increíble que sólo hacía medio minuto hubiese intentado arrancarme el dedo. Pero claro, si Max tenía razón y el bicho no era *Lanitas,* no era de extrañar que no quisiera venir conmigo.

Lo grave era que, si la perrita no era *Lanitas,* yo acababa de robar al señor Mudlark uno de sus animales. Seguro que ya se habría dado cuenta del robo y la policía estaría al tanto. Tenía que pensar en algo, ¡y rápido!

El sonido del móvil interrumpió mis pensamientos. Lo saqué del bolsillo y miré la pantalla. Era la abuela. Al llegar a su casa me había preguntado por mi número, pero hasta ahora no me había llamado. ¿Habrían encontrado a *Lanitas*?

—Hola, abuela.

—Amy. ¿Dónde estás? ¡No te imaginas lo que ha pasado! Me acaba de llamar el señor Mudlark. ¡Esta mañana han secuestrado *a Maisy-May*!

¿Maisy-May? Tragué saliva y miré hacia la perrita que estaba en brazos de Max. ¡Maravilloso! Acababa de robar la perrita de concurso del señor Mudlark. ¡Qué desastre!

Era necesario mantener la cabeza fría. Tenía que enterarme de si, para esas alturas, ya estaba considerada como sospechosa.

—¿Ya saben quién ha sido? —pregunté.

—No, pero es la segunda perrita de concurso robada en menos de una semana. Creen que ha sido la misma banda organizada —contestó—. Están avisando a todos los dueños de perros de concurso para que no dejen solos a sus animales y los vigilen constantemente.

—Pero, ¿seguro que *Maisy-May* ha sido secuestrada? ¿No podría haber escapado?

Al oírme, los ojos de Max se pusieron como platos. Miró a la perrita y dijo en voz baja:

—¿Maisy-May?

Asentí con la cabeza e hice un gesto para que se callara. No quería que dijera nada comprometedor.

—No, estaba encerrada —contestó la abuela—. Alguien ha entrado a la propiedad y se la ha llevado mientras el señor Mudlark podaba el césped. Seguramente habrán estado vigilando la casa, esperando el momento de actuar, igual que con *Lanitas*. —Noté que le temblaba la voz—. Tengo que pagar el rescate. A saber qué son capaces de hacerle a mi querida

Lanitas si no lo hago. Hoy mismo voy a pedir un crédito al banco.

—No te precipites, abuela. Todavía no sabemos si la carta es auténtica —le dije.

—De todas formas, no puedo hacer nada hasta que no me digan cómo entregar el dinero. Pero no pienso arriesgarme. No ahora. No después del secuestro de *Maisy-May*. ¡Ay, Amy! ¡Ojalá no la hubieras dejado sola en el jardín!

«¡Ala, haz que me sienta más culpable aún!», pensé.

—Lo siento mucho...

—Ya lo sé. Oye, debo dejarte. La policía podría estar tratando de contactarme.

La abuela colgó sin más y le di las malas noticias a Max.

—Pero hay una cosa rara —le dije al final—. ¿Por qué lleva este collar rosa *Maisy-May*? Es como si Mudlark quisiera que se parezca a *Lanitas*.

—¿Por qué haría eso? —preguntó Max.

—No lo sé. Tal vez porque *Lanitas* es la favorita para el concurso e intenta copiar su estilo.

Descubrí, por encima del hombro de Max, que se acercaba un coche de patrulla.

—¡Date la vuelta, rápido! —Lo agarré para girarlo y que le diera la espalda a la carretera.

—¡Ey! ¿Qué haces? —protestó.

—¡Silencio! Viene un coche de policía. No querrás que vean a *Maisy-May,* ¿no? Si se enteran de que la hemos robado, nos vamos a meter en un buen lío.

—¿Que la «hemos» robado? ¡Si has sido tú! —puntualizó Max—. Yo, técnicamente, no tengo nada que ver y no me metería en ningún lío.

—Como quieras, pero quédate tranquilo. Voy a devolver el chucho este a Mudlark como sea. Lo único que te pido es que no te des la vuelta hasta que yo te lo diga.

Me agaché para dar la impresión de que revisaba la rueda de mi bici. Vi que el coche de patrulla pasaba de largo. La policía que lo conducía iba sola. Se detuvo delante de un quiosco un poco más adelante. La conductora se bajó y entró en la tienda.

Se me ocurrió un plan bastante audaz. Correr riesgos, al fin y al cabo, es el pan de cada día para una detective como yo.

—Rápido, ¡dámela! ¡Ya! —le dije a Max, extendiendo mis manos.

—¿Qué vas a hacer? —preguntó, frunciendo el ceño al entregarme la perrita.

—Asegurarme de que la van a encontrar.

A *Maisy-May* no le hacía mucha gracia dejar a Max. Intentó escaparse de mis brazos, pero la agarré con fuerza y crucé la carretera corriendo. Cuando la dejé en el suelo, delante del quiosco, empezó a ladrar.

—No te vayas —le ordené.

Verifiqué que no hubiesen quedado pelos de perro en mi ropa y entré en la tienda en el momento en el que salía la policía.

Me acerqué al expositor de chicles al lado del escaparate para poder observar qué pasaba afuera. *Maisy-May* había descubierto una papelera y se dispuso a revisarla a fondo. La policía miró la perrita, se asomó al coche y agarró la radio.

Pagué por el chicle y salí de la tienda en el momento en que estaba comunicando que había encontrado a *Maisy-May.*

—¡Oye, tú! —me dio una voz al verme.

Me di la vuelta y le lancé una sonrisa simpática.

—¿Sí, agente?

—¿Te has fijado en esa perrita cuando entraste en la tienda?

Miré hacia *Maisy-May* y negué con la cabeza.

—La verdad es que no. ¿Por qué? ¿Se ha perdido?

—Bueno, se había perdido, pero la acabamos de encontrar.

Agarró a *Maisy-May* por el collar, pero la perrita se escapó e intentó huir. Extendí la mano para agarrarla.

—Gracias —dijo la policía con una sonrisa al recibirla de mis brazos—. Resulta que es un animal muy valioso. El amo se pondrá muy contento cuando se la devuelva.

—Ha sido un placer ayudarla —respondí.

Volví a los garajes, donde Max me esperaba.

—¡Vaya morro que tienes! —me dijo con admiración.

—Hay que tenerlo si quieres entrar en este juego —respondí, subiéndome a la bici—. ¿Una carrera a casa?

Cuando entré al hostal, vi a la abuela hecha polvo. Se había enterado de que habían encontrado a *Maisy-May* y ahora estaba todavía más preocupada por la suerte de *Lanitas.*

—¿Por qué habrán soltado a *Maisy-May,* pero no a *Lanitas*? —me preguntó—. Mi pobre princesa. ¿Qué le estarán haciendo? Me estoy volviendo loca.

—Esto tiene toda la pinta de que *Maisy-May* se había escapado, abuela. —Intenté tranquilizarla—. Igual el señor Mudlark no había echado el cierre del corral.

—Eso pensaba la policía al principio, pero él está seguro de haberlo cerrado bien. Dijo que los perros estaban ladrando mucho, y que quería mirar qué pasaba. Entonces, se dio cuenta de que *Maisy-May* no estaba. Cree que tal vez haya sorprendido a los ladrones y que, por eso, su perrita consiguió escaparse.

La abuela se secó las lágrimas con un pañuelo, borrándose una de las cejas pintadas.

—¡Ojalá *Lanitas* también consiga huir! Haría cualquier cosa para recuperarla. ¡Cualquier cosa!

—La vamos a encontrar, estoy segura. —Le di un abrazo, cosa que no es muy de mi estilo, pero es que me daba muchísima pena—. ¿Te apetece un rico cafecito?

—Si, Amy, gracias. Sé que eres buena chica. De verdad —dijo entre sollozos.

Seguramente no opinaría lo mismo si se enteraba de que yo fui, durante algunos minutos la «secuestradora» de *Maisy-May*. Pero mi responsabilidad como detective era encontrar a *Lanitas,* y estaba dispuesta a hacer todo lo necesario para recuperarla. Precisamente esa fue la razón por la que, cuando vi otra carta de rescate fuera de la puerta, opté por no comunicarle nada a la abuela. La escondí rápidamente en el bolsillo y subí a mi habitación para leerla:

Si quiere ver a Lanitas viva, debe seguir estas instrucciones: meta 2.000 libras en billetes de veinte en un sobre y después póngalo en una bolsa de plástico.

Vaya a la playa de
los Perros a las
8.30 de la tarde de
mañana. Meta la
bolsa con el
dinero en la
papelera al pie
de la escalera.
Váyase sin darse la

Vuelta y siéntese en
el primer banco
del puerto. Espere
allí hasta que llegue
Lanitas. No se lo
diga
a nadie. Sobre
todo, no hable con
la policía.

La carta tenía aspecto de haber sido preparada por el mismo autor de la primera. Abrí el «Expediente Lanitas» en mi móvil para compararla con la foto de la primera carta. Sí, definitivamente era de la misma persona. Quien hubiese enviado el nuevo mensaje, no tenía que preocuparse de que yo fuera a hablar con alguien. Sobre todo, no con mi abuela. Además, iría sin falta a la playa de los Perros (dondequiera que estuviera) a las ocho y media de la tarde, preparadísima para atrapar al culpable.

Chantaje 10

Horas antes, Max y yo habíamos intercambiado nuestros números de móvil. Por la noche, le envié un mensaje de texto para actualizarlo. Aproveché para preguntarle si a la mañana siguiente podía utilizar su ordenador para imprimir. Su respuesta decía que me pasara a las diez, porque a esa hora iba a estar solo.

—¿Qué vas a hacer? —me interrogó cuando me presenté en su casa a las diez en punto.

—Preparar una trampa para el chantajista —respondí—. ¿Tienes escáner?

Se me había olvidado añadir esa pregunta la noche anterior.

—Sí, impresora, escáner y fotocopiadora, tres en uno. ¿Por qué?

—Porque imprimiremos dinero falso para engañar al culpable —expliqué con una sonrisa maliciosa—. ¿Sabes cortar recto con las tijeras?

—No hace falta. Ted tiene una guillotina. Se supone que no la puedo utilizar. Mi madre teme que me rebane los dedos. Pero estará fuera durante un par de horas, ni se va a enterar.

—¿Dónde están tus hermanas? —Max tenía dos hermanastras, unos cuantos años mayores que él. Eran hijas de Ted, el segundo marido de su madre. Sólo había visto a una de ellas una vez: vestía totalmente de negro, se teñía el pelo negro azabache, utilizaba maquillaje negro y llevaba *piercings* en la cara.

—En el trabajo. Y mi madre está peinando a una vecina, a la señora Crystal —respondió—. No le gusta dejarme solo. Cree que aún soy un bebé, pero le aseguré que no pasaría nada por dejarme solo un par de horas.

—Estupendo. Pongamos manos a la obra.

Saqué la carta de chantaje del bolsillo para enseñársela a Max.

—Mi abuela no sabe nada sobre la nueva pista. Llegó anoche. Así que no se lo digas a nadie, ¿vale?

—Se va a enfadar contigo.

—No tendrá ni tiempo de enterarse. Esta misma noche me voy a encontrar con el chantajista para recuperar a *Lanitas*. ¡Y ya está!

—¿Cómo lo vas a hacer? ¿De dónde vas a sacar dos mil libras?

Solté una sonrisa triunfante y saqué un billete de veinte libras del bolsillo.

—Vamos a hacer cien copias de esto.

—Hmmm. —Max no parecía nada impresionado—. ¿Crees que podrás engañar al chantajista? ¿Y que pasará con *Lanitas*? Si el secuestrador se da cuenta de que los billetes son falsos, no te la dará.

—¡Ey! También podría ser una secuestradora —respondí con brusquedad, dolida por su falta de entusiasmo ante mi brillante idea—. Estoy convencida de que unas buenas copias lo —o la—, van a entretener un buen rato. El tiempo suficiente para que me acerque a él —o ella— y le saque una foto con la cámara del móvil. Después, se la voy a enseñar a la policía para que busque a la persona y rescate a *Lanitas*.

Ahora Max sí que parecía impresionado.

—¡Muy astuta !

—Ya lo sé —dije convencida de mí misma, guardándome la carta de rescate—. Eso sí, es posible que el chantajista ni siquiera tenga a *Lanitas*. Cualquiera que haya leído el artículo sobre su desaparición en el periódico podría haber enviado esto para sacar dinero.

—Sería bastante cruel —sentenció Max, frunciendo el ceño.

—Pero es muy posible. Por eso no quiero que mi abuela vea la carta. Oye, ¿sabes dónde está la playa de los Perros?

—Sí, claro. Es una playita al otro lado del puerto. Hay una escalera estrecha para bajar. En realidad, se llama playa Craggmor, pero todo el mundo la llama la de los perros porque en verano es la única a la que se permite llevarlos.

Reflexioné sobre esta nueva información.

—Quiere decir que la carta es de alguien del pueblo. Un turista no sabría que se llama la playa de los Perros, ¿no?

—Supongo.

—Muy bien. Venga, vamos a copiar el dinero.

Escaneé primero una cara del billete de veinte libras. En una hoja de papel cabían tres. Luego escaneé el reverso y junté otros tres en otra hoja, asegurándome de que su posición coincidiera con la del anverso. Imprimí las dos hojas y las pegué una contra otra. Luego hice una fotocopia en color.

—Tráeme la guillotina —le dije a Max—. Debo mirar si las partes de adelante y las de atrás coinciden a la perfección antes de sacar las demás copias.

—Yo corto —dijo ceremonioso, bajando una pequeña guillotina de papel de la estantería para ponerla sobre la mesa y alinear cuidadosamente la hoja copiada.

Un par de minutos después, me pasó los tres primeros «billetes» de veinte libras.

Saqué el billete original del escáner para compararlo con nuestras copias. El papel era diferente, lógicamente, pero después de arrugar un poco los billetes falsos para que parecieran más usados, quedaron bastante convincentes. ¿Sería suficiente como para engañar al chantajista? Sólo teníamos una manera de averiguarlo.

Imprimimos otras treinta y tres hojas, lo que me proporcionó dos billetes de sobra para practicar. Cuando llegamos a las últimas dos hojas, la tinta ya estaba a punto de acabarse, pero me imaginaba que el —o la— chantajista no se quedaría en la playa para revisar el dinero. Trataría de no llamar la atención.

Arrugué los dos billetes de sobra empleando técnicas diferentes. Al final, decidí que el mejor efecto se conseguía doblándolos cuatro veces a lo largo, estropeando un poco las esquinas y volviéndolos a desdoblar.

—Dóblalos así —le indiqué a Max— y ponlos en fajos de doscientas libras, con una goma alrededor.

Deja los que tienen menos tinta en el centro de los fajos. Después los metemos en un sobre grande. ¿Tienes alguno?

—Sí, Ted tiene de todo.

Max abrió un cajón de la mesa y sacó un sobre marrón de buen tamaño.

—Perfecto. ¿Y una bolsa de plástico?

—Mi madre las guarda en un cajón de la cocina.

Max se marchó y volvió un instante después con una bolsa de color rosa con un gran corazón blanco en el centro.

—Es la única que había —se disculpó cuando vio la cara que puse.

Acabábamos de terminar la operación, cuando oímos la puerta de la calle. Me apresuré a guardar la bolsa de plástico con los «billetes» en la mochila que había traído.

—¡Ya he vuelto, Max! —pegó un grito la señora Todd—. ¿Todo bien?

—Sí, estoy con Amy. Hemos estado un rato en el ordenador.

—Hora de irme. Luego nos vemos —le dije a Max, poniéndome la mochila—. ¡Adiós, señora Todd! Muchas gracias por dejarme revisar mi correo.

—Espera, Amy. Max me dijo que tienes un portátil. ¿Sabes si tiene Wi-fi?

—Sí, pero mi abuela no tiene Internet. Por eso no lo puedo utilizar —respondí.

—¿Por qué no intentas conectarte a través de nuestro *router*?

La madre de Max apuntó algo en un papel

—Es la contraseña. Tenemos un MFV5. Estoy segura de que la señal llegas, al hostal de tu abuela.

Efectivamente, mi portátil ya había detectado un *router* MFV5, pero estaba protegido por contraseña.

—¡Estupendo! ¡Muchísimas gracias! —le dije sonriendo—. Se lo agradezco mucho.

Ahora ya podría navegar por la red y chatear con mis amigos. Y todo desde mi habitación en el hostal. ¡Guay!

A las ocho de la tarde le dije a la abuela que daría una vuelta por ahí, y salí con la mochila llena de dinero falso para encontrarme con el chantajista. Max me había enviado varios mensaje por el móvil a lo largo de la tarde, pidiéndome que le permitiera acompañarme, pero le había dicho que ni lo soñara. No tenía idea de quién era el chantajista ni de cuántas personas podían ser. Era más seguro ir sola. Así, sólo tenía que cuidar de mí misma.

A pesar de que estábamos en pleno verano hacía fresco y me alegré de haber traído el jersey. Me lo puse, me subí la capucha y me fui corriendo hacia el puerto. Miré el reloj. Eran las ocho y diez. Observé a mi alrededor. ¿Estaría vigilándome el chantajista?

La mayoría de las tiendas seguían abiertas y había muchísima gente por el puerto. Más allá, sin embargo, ya no había tanta. Comprendí por qué el autor de las notas había elegido esta playa: era una de las zonas más tranquilas del pueblo.

Miré por encima del muro que había al principio de la escalera: no había nadie abajo, en la playa. Bajé y escudriñé a mi alrededor. No descubrí ningún sitio que pudiera servir como escondite. Metí la bolsa en la papelera, tal y como decían las instrucciones, y volví a subir. Quería encontrar un lugar para ocultarme y observar. Al otro lado de la carretera, junto al muro de la última tienda, había tres grandes contenedores de basura. Me agaché detrás de uno y esperé al chantajista. Noté que mi corazón latía con fuerza.

Esperé muchísimo tiempo, mirando el reloj a cada instante. Dieron las ocho y media. Una pareja pasó por delante, pero no bajaron a la playa. Nadie bajó. A las nueve menos diez, recibí un mensaje de Max:

Seguro que las cartas no eran más que una broma. Salí de mi escondite, crucé la carretera y me asomé por encima del muro. La playa seguía desierta. Bajé la escalera y metí la mano en la papelera. Mientras sacaba la bolsa, alguien me tocó el hombro. ¡Me habían seguido! Con el pulso acelerado, me di la vuelta y me encontré cara a cara con el comisario Lambard. Me bajó la capucha y me miró con una expresión severa.

—Amy, qué decepción. No puedo creer que hayas intentado chantajear a tu abuela.

—¿Yo? ¡No! ¿Qué dice? No entiende...

—Ahórrate tus palabras para cuando estemos en la comisaría, jovencita. Voy a llamar a tu abuela para que nos encuentre allá. —Extendió la mano—. Dame la bolsa.

La miré y me di cuenta de que era azul oscuro.

—Un momento ¡No es la bolsa que yo he dejado aquí! —exclamé, pero Lambard me la quitó bruscamente—. La mía era rosa.

—Cállate y sube —me ordenó.

Mientras subíamos la escalera miré hacia arriba y, por un instante, conseguí ver un rostro pálido y alargado debajo de una gorra negra, que se asomaba por encima del muro. Cuando llegamos arriba, sin embargo, ya no había nadie. ¡Si hubiera esperado unos minutos más, habría atrapado al verdadero chantajista.

Al llegar a la comisaría, Lambard sacó el sobre de la bolsa y vertió el contenido sobre la mesa. No eran más que trozos de papel de periódico.

—¿Realmente esperabas que te dejáramos dos mil libras en la papelera? —me preguntó.

—A mí no. Yo no mandé las cartas. He ido hasta la playa para descubrir al chantajista —expliqué—. Metí una bolsa rosa con dinero falso en la papelera.

Lambard se levantó y se cruzó de brazos.

—Una bolsa rosa... Dinero falso... —repitió, sin creerme.

Afortunadamente, todavía llevaba en el bolsillo la segunda carta de rescate y los dos billetes falsos que sobraban. Conseguí aclarar todo el enredo antes de que llegaran la abuela y su sombra, el señor Winkleberry. Lambard volvió a la playa, pero mi bolsa rosa ya había desaparecido. Al final resultó que mi brillante plan no le hizo ninguna gracia.

—Si ocurre cualquier otra cosa, te diriges a mí en vez de jugar a la detective —dijo, enfadado—. Si no, te voy a detener por ocultar pruebas.

Camino a casa, la abuela me contó que habían recibido otra carta al mediodía, con instrucciones para dejar el dinero en la papelera de la playa a las nueve y media. El chantajista había cambiado de plan. Debió de ponerse supercontento cuando vio que el comisario Lambard me detenía.

La abuela también me explicó que el señor Winkleberry la había convencido de informar a la policía. Por eso el comisario había estado vigilando las escaleras, por si alguien bajaba a la playa y retiraba el dinero de la papelera. A continuación, me soltó un sermón sobre lo irresponsable de mi conducta y lo peligroso que era actuar de esa manera. Luego, Winkleberry me soltó otro rollo por el estilo. Y después de llegar a casa y enviar un mensaje a Max, me llamó y me echó otra bronca.

—Yo te lo advertí. Era importante que te acompañara —dijo—. Si hubiera estado observando, podría haberte avisado de la llegada de Lambard. ¡Si hasta habría visto al chantajista!

—Sí, claro, y yo estaría en un lío aún mayor por ponerte en peligro —contesté—. Mi abuela se habría enfadado tanto que me habría enviado en el próximo vuelo a casa.

Me fui a la cama deprimida. Había estado cerca de atrapar al chantajista, tal vez incluso al secuestrador de *Lanitas,* pero lo había echado todo a perder.

Caracortada 11

A mí las depresiones no me duran mucho. Cuando me desperté a la mañana siguiente, ya estaba en plan positivo. No era la primera vez que seguía una pista falsa. Me había pasado algo similar antes de resolver el caso del sabotaje de los partidos de béisbol en mi pueblo. ¡Si ni Vince Bronson acertaba siempre a dar con el culpable a la primera! Me convencí de que tenía que seguir intentándolo.

Me pregunté cuánto tiempo habría tardado el —o la— chantajista en darse cuenta de que los billetes sólo eran fotocopias. Y después de darse cuenta, ¿qué habría hecho con ellos? Tenía que haberlos tirado en alguna parte. Así que el siguiente paso sería regresar a la playa de los Perros para buscar pistas.

Esperé hasta que la abuela llamara por teléfono a uno de sus amigos criadores de perros para salir.

—Voy a dar una vuelta. Vuelvo pronto —le dije desde lejos y salí por la puerta trasera antes de que tuviese tiempo de preguntarme adónde iba.

—Te acompaño —gritó Max desde la puerta de su valla.

¡Madre mía! Este chico me tenía supercontrolada. No podía ir a ningún sitio sin que me siguiera.

—Te estaba esperando —me dijo—. No quería que te me escaparas.

—El trabajo de detective es demasiado peligroso para un crío como tú —contesté seria—. No debería haberte metido en esto.

—¡Sí, claro! La única vez que te pillan es cuando no estoy contigo.

Tuve que reconocer que tenía razón. Y, como dice Vince Bronson, siempre vienen bien un par de ojos adicionales.

—De acuerdo. Vamos a la playa de los Perros, a ver si encontramos algún rastro del chantajista. Luego nos damos una vuelta para revisar si ha tirado el dinero falso en algún sitio.

Pero en la playa no había rastro de nada. Tampoco encontramos los billetes que habíamos fabricado. Seguramente el chantajista descubriría el engaño al llegar a su escondrijo y tiraría allí los billetes. En fin, no podíamos ir de casa en casa removiendo cubos de basura.

—Te invito a un batido —le dije a Max al pasar por una hamburguesería—. Así podemos pensar en nuestro próximo paso.

—Gracias —dijo con una sonrisa.

Estábamos sentados en una mesa, bebiendo nuestros batidos —de fresa para mí y de plátano para Max— y hablando de qué sospechosos podríamos borrar de la lista, cuando entró Winkleberry.

Tuve que mirar dos veces para asegurarme de que era él. Una hamburguesería era el último sitio donde esperaba verlo. Me parecía más del tipo té con pastitas. Pasó de largo sin fijarse en nosotros, pues nuestra mesa estaba medio tapada por una palmera. Pidió un café y se sentó en una mesa en la esquina opuesta, cerca del mostrador.

—¿Qué está haciendo aquí? —preguntó Max en voz baja.

—Parece que espera a alguien —susurré—. Intenta que no nos vea.

Seguí observando la entrada con el rabillo del ojo, y al poco tiempo entró un tío de cara alargada, con una gran cicatriz en una mejilla y una gorra negra. Se parecía al hombre que había visto en lo alto de la escalera la noche anterior. El señor Winkleberry levantó la mano y el hombre de la cicatriz se dirigió hacia su mesa y se sentó. Winkleberry se puso de pie. Pidió otro café y una hamburguesa para su acompañante, que empezó a devorar como si no hubiera comido nada en una semana.

—Estoy segura de que es el que vi ayer en la playa de los Perros —le dije a Max en voz baja.

Miré detenidamente al hombre. Tenía aspecto de indigente. ¿Qué motivo podía tener Winkleberry para reunirse con él? ¿Y por qué le daba un fajo de dinero?

Caracortada se zampó la hamburguesa, se bebió el café de un trago y salió. Winkleberry dejó el local un par de minutos más tarde. Cuando se levantó, intenté esconderme detrás de la palmera y le hice un gesto a Max para que hiciera lo mismo, aunque no hizo falta, porque ni siquiera miró en nuestra dirección.

—Aquí está pasando algo raro y voy a descubrir qué es —le dije a Max—. Vamos a seguir a ese hombre. A ver adónde va.

Seguimos a Caracortada por las estrechas calles secundarias hacia el otro lado del pueblo, manteniendo siempre la distancia, con verdadera profesionalidad de detectives. Llegó a una casa adosada en muy mal estado y entró por la puerta trasera. Nos quedamos esperando un buen rato, pero no volvió a salir.

—Menuda pocilga en la que vive este individuo —dije, mirando por encima de la valla—. Las ventanas están tapadas con tablas de madera y el jardín está lleno de basura.

—Es una casa ocupada —me informó Max—. Mi madre dice que aquí viven unos indigentes. No tienen ni agua, ni luz, ni nada.

Me fijé en algo entre la basura, cerca de la pared de la casa. Era una bolsa plástica de color rosa, con un corazón blanco en medio. La misma bolsa que yo había metido en la papelera de la playa de los Perros, la de los billetes falsos. Me agaché.

—Lo tenemos. Es el que mandó las cartas pidiendo el rescate —susurré a Max—. Sí, ya sé que hay muchas bolsas de ésas —añadí para que no me interrumpiera—, pero Caracortada es el tipo que vi ayer asomándose al muro de la playa.

—Entonces, ¿dónde crees que podría tener a *Lanitas*? —preguntó Max.

—No lo sé, pero me voy a enterar. Las ventanas están tapadas. No me podrán ver, a no ser que alguien salga por la puerta trasera.

Abrí la valla y entré con cuidado, mirando hacia la casa. La puerta trasera estaba cerrada. Me acerqué corriendo hasta la bolsa rosa y la abrí. Estaba vacía. La dejé en el suelo y miré alrededor. Era posible que el hombre hubiera tirado la bolsa y se llevara el sobre dentro antes de revisar su contenido. En ese caso,

¿qué habría hecho con los billetes? ¿Tirarlos a la basura? Me acerqué al cubo y abrí la tapa. Encontré un gran sobre marrón, ¡desde el cual se asomaba la esquina de un billete falso de veinte libras! Estaba a punto de sacar el sobre, cuando oí que se abría la puerta de la casa. Era Caracortada.

Cerré el cubo y fingí que buscaba algo en el suelo.

—¡Ey, tú! ¿Qué haces ahí?

—Mi pelota ha volado por encima de la valla. La estoy buscando —dije al incorporarme.

—¡Fuera de aquí! —gritó.

—Pero, mi pelota...

—¿Quieres que te eche a patadas?

Se acercó a mí, no mucho, pero de forma amenazante.

—No se preocupe. Ya me voy —respondí y salí corriendo, después de cerrar la valla de un portazo.

—¡Corre! —le dije a Max.

Seguimos sin parar hasta llegar a la calle principal. Luego nos dejamos caer sobre la arena de la playa más cercana al centro.

—Definitivamente es el que mandó las cartas —le dije a Max cuando por fin recuperé el aliento—. Vi el sobre y los billetes falsos en el cubo de basura.

—¿De verdad? ¿Se lo vas a decir a tita Sue?

—Todavía no. Primero quiero descubrir qué papel tiene Winkleberry en todo esto. Mi abuela me dijo que era él quien insistía en que llamaran a la policía. ¿Por qué hacer algo así si es cómplice de Caracortada? ¿Y por qué le ha dado dinero? No tiene sentido.

Al llegar a casa, encontré a la abuela sentada en el sofá, llorando y con una foto de *Lanitas* en las manos.

—Ay, Amy, me pregunto dónde estará mi preciosa princesita en este momento —dijo entre sollozos—. Ya hace casi una semana que desapareció. Debería de estar preparándola para el concurso y arreglándola en la peluquería. ¿Cómo puede alguien ser tan cruel y secuestrarla?

La abracé para consolarla.

—Estoy completamente segura de que la vamos a encontrar, abuela.

Soltó un suspiro.

—Ya sé que la gente cree que no estoy bien de la cabeza por la forma como trato a mi *Lanitas,* pero es todo lo que tengo, Amy. Es mi pequeña bebita, y necesito recuperarla.

Pobre abuelita. Primero se le había ido mi padre, luego el abuelo, y ahora también *Lanitas.* Me prometí encontrarla como fuera. Si su chucho no volvía, a mi abuela se le rompía el corazón.

La entrevista 12

Vince le repite a menudo a su compañero, Mac, que siempre existe una pista que lleva hacia el culpable y que sólo falta esforzarse un poco para dar con ella. Recordando sus palabras, abrí el cajón de la mesilla de noche y saqué mi cuaderno.

Vi la grabadora al lado y me acordé de las entrevistas que había hecho con Max el día que repartimos los carteles. Como esa misma tarde había llegado la primera carta de chantaje, las había olvidado por completo.

Pensé en los entrevistados. No había olfateado nada sospechoso, pero como Max no se callaba nunca, igual se me escapaba algo importante.

Me tumbé sobre la cama dispuesta a escuchar la cinta. La primera interrogada era la señora Crystal. Seguían el jefe de la imprenta y un montón de gente que nos habíamos encontrado en la calle. Todos decían que no habían visto a *Lanitas* y luego soltaban diferentes teorías acerca de lo que le podría haber pasado.

La más general era la de una banda organizada. Sólo una mujer pensaba que la perrita podría haberse escapado y que a lo mejor estaba atrapada en una madriguera de tejón (sostenía que algo así le había pasado a su perro).

Detuve la cinta y volví a escuchar esa conversación. Parecía una tontería, pero era una posibilidad que no había contemplado: había bosques alrededor de Little Cragg. Hice una anotación en el cuaderno y seguí escuchando.

Había muchísimas entrevistas. Varias personas tenían perros, gatos y otras mascotas, y decían que, de perderlas, se quedarían hechas polvo. De repente, escuché algo que me llamó la atención. Me incorporé y eché la cinta hacia atrás. La repetí varias veces. Decidí mandarle un mensaje de texto a Max para que viniera cuanto antes.

—¿Qué pasa? —preguntó poco después, al entrar en mi habitación sin llamar—. Tita Sue me ha dicho que suba directamente.

—Vale, ¿pero también te ha dicho que entres sin llamar a la puerta?

—Lo siento —dijo sin inmutarse y se sentó cómodamente en la cama—. Entonces, ¿qué? ¿Tienes pruebas nuevas?

—Creo que sí. ¿Qué te parece esto?

Repetí la entrevista:

PODCAST 3

Escúchalo en www.sehacesaber.org

—Ah, sí, me acuerdo de esa señora. Era muy simpática —dijo Max—. ¡No creerás que tiene algo que ver con *Lanitas!*

—No, ella no, pero, ¿qué pasa con la joven del tren, la que tenía un perro en su bolso?

—Hay muchos bichón frisé por ahí, y no dijo en qué tren —puntualizó.

—Vale, pero dijo que había sido el otro día, y que estaría aquí sólo una semana. Así que tuvo que estar hablando de un tren local. ¿Por qué alguien mete un perro en un bolso?

—Lo hace muchísima gente. Debe de ser la última moda, o algo así.

—Cuando se trata de un perro muy pequeño, como un chihuahua, puede ser, pero yo diría que los bichón frisé son un poco grandes para eso, ¿no crees? Me parece un comportamiento muy sospechoso. Así que mantén los ojos abiertos, ¿vale? Si ves a alguien que lleve un bolso de ante, de *patchwork* de muchos colores, me mandas un mensaje de texto.

—Lo haré —dijo Max—. Entonces, ¿la conclusión es que el hombre que envió las cartas de rescate no tiene a *Lanitas*?

—La verdad, no sé nada —reconocí—. Hasta ahora, todos siguen siendo sospechosos. Así son a veces este tipo de casos.

Max se quedó escuchando el resto de las entrevistas conmigo, pero no encontramos más pistas.

—Si no me hubieras interrumpido tantas veces, podría haberles sacado más información —le dije cuando llegamos al final de la cinta.

—¡Qué dices! Si no hubiera sido por mí, no nos enteramos de cómo era el bolso.

—Venga, tampoco es para exagerar... Ven conmigo, vamos a dar una vuelta en bici, a ver si vemos a alguien con un bolso así.

Bajamos la escalera corriendo y en el momento de llegar a la entrada del hostal, se abrió la puerta y apareció Emily. De su hombro colgaba un gran bolso de ante, de *patchwork* multicolor. Max y yo nos quedamos mirando el bolso como hipnotizados. Luego, nos miramos uno al otro.

—¿Qué os pasa? —preguntó Emily—. ¿Habéis visto un fantasma?

No sabía qué contestar. Me daba vueltas la cabeza. ¿¿¿Emily??? La secuestradora no podía ser Emily. Le encantaban los animales y trataba con muchísimo cariño a *Lanitas*. Afortunadamente, Max salvó la situación.

—¿De dónde has sacado tu bolso? —preguntó—. Dentro de pocas semanas es el cumpleaños de mi madre. Me gustaría comprarle uno parecido. Creo que le encantaría.

No era una salida muy decorosa, pero parecía que Emily había tragado. Miró el bolso.

—Lo compré el sábado, en un mercadillo en Penzance.

Lo había encontrado en Cornualles. Las probabilidades de que hubiera bastante gente con el mismo bolso eran altas.

—Perdonadme, chicos, tengo que subir a mi habitación —dijo Emily con una sonrisa—. De verdad, estáis un poco marcianos hoy.

Me di cuenta de que los dos seguíamos al pie de la escalera, bloqueándole el camino.

—Lo siento, Emily —dije al apartarme, un tanto distraída.

—No pasa nada —dijo lanzándonos otra sonrisa, y desapareció por la escalera.

—No puede ser Emily —dijo Max—. Es demasiado buena.

—Quizá tengas razón, pero no podemos descartar a nadie de la lista de sospechosos. No sin investigarlos. Debo analizar su bolso. Podría tener pelos de *Lanitas*. Lo miraré en cuanto pueda.

No tuve que esperar mucho para que llegara la oportunidad. Antes de que pudiéramos escaparnos a la calle, la abuela nos pilló para que le ayudáramos a preparar la merienda. Allí estábamos cuando Emily volvió a bajar, sin el bolso, para preguntar si teníamos información sobre las atracciones del pueblo.

—El sábado me marcho y no he visto nada de Little Cragg —dijo—. Me he ido a la playa todos los días, pero seguro que hay más cosas para ver.

—Suelo tener folletos en el mueble del pasillo, pero he estado muy descuidada, con lo de la desaparición de *Lanitas* —respondió la abuela—. Creo que me quedan algunos en el cajón.

Empezó a rebuscar en un armario de la cocina.

—¿Todavía no hay noticias acerca de su perrita? —preguntó Emily, preocupada.

—Me temo que no —dijo la abuela.

Le hice una discreta señal a Max para indicarle que subiría a las habitaciones. Quería que me siguiera y vigilara.

La puerta del cuarto de Emily estaba entreabierta y vi el bolso de colores sobre la cama.

—Quédate en la puerta. Si Emily se acerca, empieza a toser —le dije a Max.

Abrí la puerta, fui hasta la cama y agarré el bolso. Estaba casi vacío. Sólo había un par de revistas y un monedero. Busqué pelos blancos, pero no había nada. Lo olfateé, por si olía a perro.

—¿Qué haces aquí, jovencito?

La malhumorada voz del señor McFarlane me pegó un susto de muerte. Estaba a menos de medio metro, en la puerta, hablando con Max. En cualquier momento podría darse la vuelta y descubrirme con el bolso de Emily en las manos. Lo tiré sobre la cama, me arrodillé y me quedé mirando al suelo muy concentrada.

—¿Qué haces en esta habitación, Amy? —preguntó McFarlane.

Levanté la vista y encontré su gesto de reproche. Puse cara de preocupación

—¿Seguro que viste a la araña entrar aquí? —le pregunté a Max, rogando que su mente fuera tan rápida como para seguirme el juego.

Lo fue.

—Que sí. Se estaba metiendo debajo de la cama —exclamó, señalando con el dedo—. Mira, allí está, delante de tu rodilla. —Soltó un gritito para resultar más creíble.

Agarré uno de los zapatos de Emily y fingí aplastar a la araña imaginaria.

—¿La has matado? —preguntó Max, convincentemente quejica.

—¿Matado qué? —dijo Emily, que había aparecido de repente por el pasillo.

—Vi una enorme araña negra meterse en tu habitación, y Amy ha ido a pillarla —explicó Max.

Emily gritó y se cubrió la boca con una mano.

—¿No se habrá metido en mi cama, verdad? Dime que no está en mi cama.

—No, no te preocupes. La pillé con tu zapato. —Di la vuelta al zapato para mirar la suela—. ¡Uy, qué asco! ¿Alguien tiene un pañuelo?

—¿Quieres decir que la has matado? —preguntó Emily, con cara de terror.

—Lo siento, pero quería meterse debajo de tu cama. He agarrado la primera cosa que tenía a mano para aplastarla.

—Ya está —dijo Max, que había ido al baño para traerme un trozo de papel higiénico.

Quité del zapato la «araña» aplastada y lo dejé en el suelo. Arrugué el papel y salí de la habitación.

—Tengo un miedo tremendo a las arañas —dijo Emily—. Menos mal que la habéis visto. Aunque preferiría que no la hubierais matado —añadió.

Me fui al baño para tirar el papel a la taza. Luego, le hice una señal a Max para que me siguiera.

—¿Has conseguido mirar el bolso? —preguntó en cuanto estábamos a solas en mi habitación.

—Sí, pero no había evidencia que demostrara que *Lanitas* hubiera estado dentro. Pero...

Le enseñé un billete de tren.

—No me digas que es del martes.

—No, es de ayer. Pero queda demostrado que Emily utiliza ese medio de transporte. Además, tiene un gran bolso de *patchwork*. Ha entrado con fuerza en el círculo de los sospechosos.

Todos sospechosos 13

—Hay una cosa que no entiendo. Si realmente es Emily quien ha secuestrado a *Lanitas,* ¿dónde la tiene escondida? —dijo Max—. ¿Y por qué lo hizo? Se vuelve loca con los animales.

—Tal vez por eso, precisamente. Le gusta tanto *Lanitas,* que quiere quedársela. Es una posibilidad.

—¿Y por qué no ha esperado hasta el sábado, cuando vuelve a casa?

—A ver, a ver... Déjame pensar. *Lanitas* desaparece precisamente el mismo día que Emiliy, la gran amante de los animales, deja el hostal. ¿Quién habrá sido? ¡Qué difícil!

Max frunció el ceño.

—No tienes que ponerte sarcástica. Igual, no tiene sentido que Emily secuestre a *Lanitas.* ¿Para qué? ¿Qué piensa hacer con ella?

—No lo sé, pero no puede ser descartada como sospechosa. No puedo eliminar a nadie aún.

—Vas a pensar que el próximo sospechoso soy yo —dijo Max en broma.

Me pilló por sorpresa. Jamás se me había ocurrido que el chaval pudiera tener algo que ver con la desaparición de *Lanitas*. Pero, pensándolo bien, sí que era posible. Vince siempre lo dice: «Sospecha de todo el mundo, no importa lo inocentes que parezcan». Y Max había sido el primero en aparecer en la escena del crimen.

—¿Cómo? ¿Quieres decir que sospechas de mí?

—No... no, claro que no. A no ser que...

Max se cruzó de brazos y dijo muy despacio y con una voz demasiado tranquila:

—¿... a no ser que qué?

—Que hayas visto a *Lanitas* en el jardín, jugaras con ella, la dejaras escapar sin querer y te diera vergüenza reconocerlo.

Estudié con cuidado su rostro para ver si había alguna señal de culpabilidad. Sólo conseguí captar señales de furia.

—¿Crees que sería capaz de hacerle algo tan cruel a tita Sue? ¿Que permitiría que se preocupara tanto? —Me señaló con un dedo—. Si quieres sospechar de todo el mundo, ¿qué tal si empiezas por mirarte al espejo? —Me dio con el dedo en el pecho—. ¡Tú no aguantabas a *Lanitas*! A lo mejor la hiciste desaparecer para tener a tu abuela sólo para ti.

—¡Deja eso! —grité cuando estaba a punto de darme otra vez con el dedo, todavía con más fuerza.

Se acercó y dijo enfadado:

—Dejaste a *Lanitas* en el jardín a propósito. Tal vez también abriste la puerta para que se escapara.

Terminó la frase y se marchó corriendo.

—¿Qué ha sido todo eso?

Mi abuela estaba en la puerta y, por la expresión de su cara, deduje que había oído nuestra conversación.

—Nada. Max está exagerando —le dije—. Volverá cuando se calme.

Me miró como esperando una explicación mejor.

—La cena estará lista dentro de media hora. No llegues tarde.

Me sentí un poco incómoda cuando me dejó sola. ¿Sospecharía de mí por culpa de las tonterías que había dicho Max?

Tenía que encontrar a *Lanitas* antes de que nos peleáramos todos. Saqué el cuaderno y lo abrí en una hoja en blanco. Escribí algunas preguntas y les di respuesta. La misma técnica empleada por Vince cuando intentaba resolver un crimen:

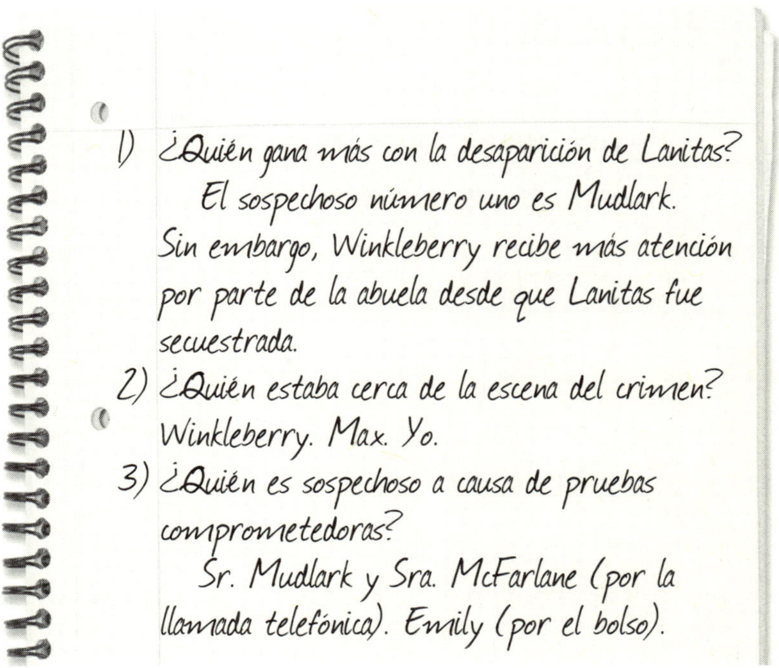

Después, hice una lista de los más sospechosos:

¡Ha llegado la hora de que pongas a prueba tu olfato de detective!
Escribe aparte todas las pistas que hayas encontrado hasta ahora, y decide quién es el responsable de la desaparición de Lanitas.
¡Al final del libro descubrirás si tienes razón!

Repasé mis apuntes. El principal sospechoso era, definitivamente, el señor Mudlark. Era el más beneficiado con la ausencia de la perrita. Además, estaba incriminado por la conversación telefónica con la señora McFarlane. Tenía que descubrir cuál era exactamente la relación entre esos dos individuos. Para eso, tenía que vigilarla de cerca. A partir de ahora, fuera a donde fuera, no la perdería de vista.

Miré el reloj. Me tenía que ir. La abuela había dicho que la cena estaría lista en media hora. No quería llegar tarde para no enfadarla.

—Amy, ven —escuché su voz desde el salón—. Ven a ver las noticias. Han entrado en otro criadero y han soltado los perros.

Me asomé por la puerta. Estaba sentada en el sofá, mirando con gesto de antustia la pantalla de la tele. Por una vez, el señor Winkleberry no estaba a su lado. La abuela subió el volumen y me pidió que me sentara con ella.

—Todavía no se ha encontrado ninguno de los perros —dijo el presentador—. Hay rumores, aún sin confirmar, que dan la autoría de esta acción a la Sociedad a Favor de los Derechos de los Animales. Este polémico organismo ha amenazado con sabotear el Concurso de Perros de Rivington, que se celebrará el próximo fin de semana. Hasta el momento, ningún representante de la Sociedad ha hecho declaraciones al respecto.

—Han entrado en el criadero de Kimpton, a unos treinta kilómetros de aquí —me informó la abuela—. Han liberado a todos los perros que iban a participar en el concurso. Primero lo de *Lanitas,* luego lo de *Maisy-May* y ahora esto. Alguien se ensaña con los perros concursantes de Rivington. —Se levantó y caminó nerviosa por el salón—. Eso quiere decir que mi pobre *Lanitas* podría estar por ahí todavía, sola y hambrienta. O incluso herida...

Su voz se iba apagando mientras se levantaba para sacar un pañuelo del bolsillo de su rebeca.

Una de las mujeres que había entrevistado aseguraba que su perro se había quedado atrapado en la madriguera de un tejón. ¿Tendría razón la abuela? ¿Serían los fanáticos de los derechos de los animales los que habían dejado salir a *Lanitas*? ¿Estaría vagando por ahí la pobre, perdida o herida?

Pero, ¿qué pasaba con las cartas de chantaje? ¿Y con la conversación entre la señora McFarlane y

Winkleberry? Además, yo misma había sacado a *Maisy-May* del criadero del señor Mudlark. Es decir, sus perros no habían sido blanco de un atentado contra los concursos caninos. Quizá lo que había sucedido en Kimpton no tenía nada que ver con *Lanitas*. Era posible que alguien le guardara rencor al criador y soltara los perros por puro resentimiento.

—Ay, Amy. No aguanto estar así, sin saber qué le habrá pasado a *Lanitas* —exclamó la abuela mientras se sonaba la nariz—. ¿La tendrán esos defensores de los animales?

—No lo sé, abuela —respondí—. Pero hay una cosa rara.

—¿Qué, cariño?

—Bueno, tú no eres ninguna criadora de perros, ¿verdad? Tienes una sola perrita, que es tu mascota. La Sociedad a Favor de los Derechos de los Animales parece atacar a los grandes criadores, ellos sí que tienen un montón de perros. ¿Qué ganan al meterse contigo?

—Tal vez lo hacen porque *Lanitas* es una de las favoritas para ganar —sugirió ella, con un toque de orgullo en la voz.

Podía ser. Pero no me convencía. Por un lado, si los fanáticos de los derechos de los animales iban tras los propietarios de perros de concurso, ¿por qué no entraban en el criadero del señor Mudlark? Claro, yo no iba a tocar el tema con la abuela. Ella pensaba que ya lo habían atacado, y no era conveniente que supiera la verdad.

Por lo menos de algo sí estaba convencida: el señor Mudlark y la señora McFarlane tenían relación con la desaparición de *Lanitas*.

Persecución 14

Los McFarlane salieron después del desayuno, como casi siempre. Vestían camiseta y pantalones cortos, y su aspecto no era muy decoroso, lo digo en serio. Personalmente, estoy a favor de que existan leyes que prohiban usar pantalones cortos a la gente que tiene más de cuarenta años. Él llevaba una cámara de vídeo en una mano y un mapa en la otra. Supuse que iban a dar una vuelta en coche.

Me metí la grabadora en el bolsillo, pues podía resultarme útil en cualquier momento, y salí al jardín para sacar la bici. Contaba con que Max apareciese, pero no estaba en ningún lado. Supuse que seguía enfadado por nuestra última conversación. Bueno, no era yo quien tenía que pedir perdón, sobre todo después de las cosas que me había dicho.

Además, estaba bien continuar con mi investigación sola, sin sus molestas interrupciones.

Salí a la calle en el momento en que los McFarlane subieron a su coche. Conseguí seguirlos durante algún trecho, pero cuando abandonaron las callejuelas de Little Cragg, los perdí. Pensé que si no podía rastrearlos, al menos podría localizar a Mudlark. Me dirigí a su casa con la esperanza de recordar el camino, porque había dejado el mapa en mi habitación. No me hizo falta, pues mi sentido de orientación demostraba ser tan agudo como el de Vince... Bueno, también ayudó que la ruta estuviera bien señalizada.

Al pasar delante de la casa con la intención de colarme por detrás, desde el campo del lado, como la primera vez, casi me caí de la bici: el coche azul de los McFarlane estaba aparcado delante del edificio. Comprobé la matrícula, por si acaso, aunque la figura del perrito de la parte de atrás del coche ya indicaba con claridad quiénes eran los propietarios del automóvil. ¿Por qué visitaban al principal competidor de la abuela?

Seguro que tenían algo que ver con la desaparición de *Lanitas.* A lo mejor no la escondían en el criadero, junto a los demás perros, sino dentro de la casa, y la intención de Mudlark era soltarla después del concurso. Era posible que él y los McFarlane hubieran soltado a los animales del otro criadero para despistar. Claro, era muy sospechoso que *Lanitas* fuese la única desaparecida. ¡Si yo misma pude haberles dado la idea cuando robé a *Maisy-May*!

De todas formas, ¿por qué estaban metidos los McFarlane en todo este lío? ¿Cuál era su motivo?

Pasé la bici por encima de la valla para esconderla detrás del seto. Puse mi móvil en silencio para que no sonara en un momento inoportuno. Atravesé el campo y salté la valla para acercarme a la casa de Mudlark. Una de las ventanas estaba abierta y escuché claramente sus voces. Saqué del bolsillo la grabadora, la encendí y me acerqué un poco más.

—Tendré que vender, Lil. El dinero que nos dejó mamá no es suficiente para pagar todos los arreglos de esta casa, y menos para mantenerla.

—¡No estarás sugiriendo que te deje mi parte! Te quedaste con toda la casa, más la mitad del dinero de mamá. —La voz de la señora McFarlane sonaba amargada.

¿Había dicho «mamá»? Agucé el oído. Información nueva: ¡la señora McFarlane y el señor Mudlark eran hermanos!

—Fui yo quien pasó diez años cuidándola, mientras tú te dedicabas alegremente a hacer tu vida.

—Bueno, déjalo. Ahora que *Lanitas* no molesta, *Maisy-May* ganará el concurso y tendrás el contrato del patrocinador —respondió la señora McFarlane—. Será suficiente para pagar los arreglos.

—Eso espero, pero...

El sonido del teléfono lo interrumpió. Me acerqué más a la ventana para escuchar la conversación telefónica, pero los perros empezaron a ladrar y no me enteré de nada. Apagué la grabadora y me escondí en un costado de la casa. Así, en el caso de que Mudlark saliera a calmar a sus animales, no me vería. Salió, por supuesto. Cuando volvió a entrar, la señora McFarlane dijo que se tenían que marchar y que lo llamaría más tarde.

Me di una vuelta por la parcela, pero no había más casetas para chuchos. Si Mudlark tenía a *Lanitas,* debía de esconderla dentro de casa. Me quedé un rato esperando, deseando que saliera para colarme en su vivienda e investigar, pero no tuve suerte. Al final, decidí volver al hostal para concentrarme en la evidencia que tenía.

Antes de volver, miré el móvil. Ningún mensaje de Max. Probblemente seguía enfurruñado.

Camino de casa, se me ocurrió que podría pasar por el refugio de Caracortada para ver si encontraba algo interesante. No estaría mal hacer preguntas entre los vecinos e intentar averiguar su nombre verdadero. Quería descubrir qué relación tenía con Winkleberry. A lo mejor, éste le había pagado a Caracortada para que hiciera desaparecer a *Lanitas.*

Al llegar a la calle trasera, oí un grito. Un instante después, Max y su bici pasaron delante de mí a toda velocidad. Caracortada lo seguía de cerca.

—¡Si te vuelvo a pillar fisgoneando, te vas a arrepentir! —gritó.

—¡Oiga! ¡Métase con alguien de su tamaño! —le grité, bloqueándole el camino con mi bicicleta.

—¡Y tú también! —exclamó el hombre, mirándome fijamente—. ¡Perdeos antes de que os pegue una paliza a los dos!

—¿De veras? ¿Le gustaría que lo denunciáramos por agresión? —respondí—. Es más, si nos llega a poner un solo dedo encima, le vamos a contar a todo el mundo que usted mandó las cartas de chantaje y que secuestró a *Lanitas.*

—No sé de qué estás hablando —replicó en tono amenazante.

—Sí que lo sabe. Los billetes falsos están en su cubo de basura —le solté—. He sacado un par de ellos. Seguro que tienen sus huellas dactilares.

Se puso furioso. Se acercó y tomó con fuerza el manillar de la bici.

—Si eres lista y sabes lo que te conviene, niñata, no vas a decirle nada a nadie. Sé dónde vives... Sé dónde vivís los dos. La próxima vez que os descubra merodeando, el desaparecido no será el chucho, ¿ha quedado claro? —Inclinó la cabeza para acercarse a mi cara. Hice un esfuerzo para aguantar mi postura, pero no resultaba fácil: su aliento apestaba.

—Menos mal que tengo todo esto grabado —dije con tranquilidad—. Así sabrán a quién buscar si nos pasa algo.

Di un tirón del manillar para que lo soltara.

—¡Vámonos, Max!

Nos alejamos lo más rápido posible en dirección a la calle principal y la primera playa.

—¿Estás bien? —le pregunté a Max.

Asintió.

—Gracias por defenderme.

—No ha sido nada —respondí.

La verdad era que había perdido el control con Caracortada por haber amenazado a Max y porque hubiese intentado robar a la abuela, que no me había dado tiempo para pensar en lo peligroso que podía ser desafiarlo.

—¿Lo has grabado? —preguntó Max.

Negué con la cabeza.

—¡Ojalá! No tuve tiempo para encender la grabadora. ¿Tú qué hacías en su casa? Si no hubiera llegado, te podrías haber metido en un buen lío.

Me miró a los ojos.

—Quería encontrar pruebas que demuestren que Caracortada secuestró a *Lanitas*. Voy a dejarte claro que no fui yo.

—Mira, Max. En realidad, nunca se me ocurrió que pudieras ser tú. Ayer sólo estaba un poco enfadada.

—Yo tampoco creo en serio que hayas sido tú. —Se sentó en un banco—. ¿Dónde has estado esta mañana?

Me senté a su lado.

—Espié a Mudlark. ¿A que no sabes qué he averiguado?

Lo puse al tanto de la visita de los McFarlane a Mudlark. Luego, reproduje la grabación.

—¡Madre mía! ¿Significa que la señora McFarlane y Mudlark son hermanos?

—Sí, eso parece. Además, Mudlark necesita ganar el concurso para hacerse con el contrato de patrocinio y así pagar los arreglos de su casa. Si no, tendrá que venderla.

—¿Crees que ellos son los secuestradores?

Vacilé un instante.

—No estoy segura. Pero hay una manera de averiguarlo.

—¿Cómo?

—Les tenderé una trampa.

15
La trampa

Al día siguiente, llegaron muchas cartas al hostal. Las recogí del felpudo y las miré.

—Tres para ti, abuela, y una de mis padres para mí —dije llevándolas al comedor, donde todo el mundo estaba desayunando—. Y una más para cada uno.

Metí la mía en el bolsillo, le entregué las suyas a la abuela y revisé las tres que quedaban.

—¡Qué raro! No llevan sello —comenté.

—Dámelas, gracias —dijo el señor Winkleberry, quitándomelas de la mano.

Se quedó con la suya, les entregó la segunda a los McFarlane y dejó aparte la de Emily. La chica no había bajado aún, seguramente para no vernos a todos desayunando y evitar la idea de que el beicon había sido alguna vez un cerdo feliz. Winkleberry leyó su carta con rapidez, con el párpado izquierdo temblando como si tuviese vida propia. Luego, frunció la boca y guardó la carta en el bolsillo.

—¿Todo está bien, David? —preguntó la abuela.

—Publicidad —respondió—. Últimamente no me mandan otra cosa. —Agarró la tetera—. ¿Más té?

Ninguno de los McFarlane había mostrado el más mínimo interés en abrir la carta que seguía sobre la mesa. Cuando terminaron de desayunar, subieron a su habitación y se llevaron el sobre.

—Hace ya una semana que desapareció la pobre *Lanitas* —dijo la abuela con voz triste—. Casi he perdido la esperanza de que vuelva. Han encontrado a todos los perros del criadero de Kimpton —añadió.

—Supongo que la tienen en un lugar seguro —la consolé—. Volverá.

—No sé, Amy. Ya está ahí el día del concurso... Y ya ha dejado de interesarme, lo único que quiero es recuperar a mi princesita.

Se levantó suspirando para recoger los platos. El señor Winkleberry saltó de su silla.

—Yo voy a recoger. Tú, descansa.

Me preguntaba si sólo quería ser simpático, o si se sentía culpable.

Poco después, bajó Emily. Agarró un par de tostadas y su carta, y volvió a subir a su habitación.

Cuando todos los huéspedes habían salido, ofrecí a la abuela ayudarle a limpiar las habitaciones. Se veía tan agradecida, que sentí remordimiento. Yo sólo me había ofrecido para ver si alguien había dejado su carta arriba. Pero bueno, una detective tiene que hacer lo que tiene que hacer, y cualquier truco valía la pena si era para recuperar a *Lanitas.*

No había rastro de la carta ni en la habitación de Winkleberry, ni en la de los McFarlane. La de Emily seguía encima de su mesilla, sin abrir. La agarré y la observé con atención.

Si yo hubiese recibido un sobre así, las grandes letras negras me habrían intrigado tanto que no habría resistido la tentación de abrirlo enseguida. Parecía que a Emily le daba igual. Dejé la carta en la mesilla y me dirigí hacia la puerta, pero algo que brillaba en el suelo me llamó la atención. Me agaché para examinar el objeto. Era un pin redondo y plateado, con la cabeza de un perro en el centro y la inscripción «Los animales tienen derechos» alrededor.

Conque Emily pertenecía a la Sociedad a Favor de los Derechos de los Animales. ¡Qué interesante!

Escuché que alguien subía la escalera y devolví el pin a su sitio original, el suelo. Me dediqué a quitar el polvo con un trapo y me giré hacia Emily cuando entró.

—Hola, estoy ayudando a mi abuela a limpiar las habitaciones —dije discretamente.

—Haces muy bien. ¿Te importaría pedirle una funda de almohada y una toalla limpias, por favor? —me respondió.

Abrió el armario y sacó un jersey amarillo.

—Puede que por la tarde refresque —dijo.

Antes de salir, metió el jersey y la carta que estaba en la mesilla en el bolso de colores. «¿Será Emily la culpable?», pensé al escucharla despedirse de la abuela y salir a la calle. Si mi trampa funcionaba, lo averiguaría pronto.

Casi al tiempo, recibí un mensaje de Max.

En cuanto terminó de comer, Max se pasó por el hostal.

—¿Estás lista? —preguntó.

—Sí —respondí con actitud desafiante.

—Amy, ¿irías a la tienda antes de salir? —preguntó la abuela en ese momento.

Solté un suspiro.

—Tengo prisa, abuela.

—Tardarás cinco minutos. Sólo necesito leche.

Miré el reloj.

—Vale.

En la tienda del barrio había mucha gente, así que tardé quince minutos en volver.

—Llegaremos tarde —dijo Max en el camino de vuelta.

Miré el reloj de nuevo.

—Si nos damos algo de prisa, llegaremos antes que nadie.

Dejamos la compra en casa y pedaleamos en las bicicletas tan rápido como pudimos por las estrechas calles adoquinadas de Little Cragg. Cruzamos el pueblo hasta llegar a la antigua iglesia, abandonada desde hacía muchos años.

—Bien, aún no llega nadie —le dije a Max.

Escondimos las bicis detrás del edificio en ruinas para que no las vieran desde la calle.

—¿Crees que va a funcionar? —susurró Max.

—El plan es infalible. Sea quien sea el secuestrador, se habrá preocupado al leer la carta y vendrá para saber quién lo está siguiendo —respondí—.

Dentro de unos instantes, vamos a saber quién secuestró a *Lanitas.*

Nos agachamos detrás del muro de la iglesia y esperamos. Minutos más tarde, se acercó un coche plateado que reconocí de inmediato.

Le di un codazo a Max.

—¡Mira!

Me sentí ligeramente mareada al ver que el coche se detenía delante de la iglesia y que de él salía el señor Winkleberry. Nunca me había caído bien, pero a la abuela sí, y se quedaría hecha polvo al enterarse de que era él quien había hecho desaparecer a su querida perrita.

Winkleberry miraba alrededor, evidentemente nervioso. En ese momento, llegó otro coche. Era azul. Tenía que ser una alucinación. ¿Qué diablos estaba pasando?

Con la cara descompuesta por la rabia, Winkleberry, se acercó al segundo coche.

—¡Conque ustedes son los secuestradores! —gritó a los McFarlane cuando se bajaron—. Desde hace mucho supe que había algo sospechoso con ustedes. ¿Cómo se atreven a aprovecharse de la hospitalidad de la señora Carter y robarle su perrita?

Mientras los acusaba, Winkleberry agitaba un dedo delante de la nariz del señor McFarlane.

—¡No me señale! —chilló McFarlane, con la barbilla temblando de ira—. Fue usted quien secuestró a *Lanitas,* por eso ha venido.

—¡Cómo se atreve! —bramó Winkleberry—. Estoy aquí porque he visto que todos teníamos la misma carta. Sabía que si me presentaba, me encontraría con el culpable.

Sacó la carta del bolsillo para agitarla delante de la cara del otro.

—Aquí dice: «Sé que tiene a *Lanitas* y dónde la está escondiendo. Reúnase conmigo en la antigua iglesia a las 14 horas. Si no, iré a la policía».

—Por eso hemos venido nosotros —dijo el señor McFarlane—. Como todos teníamos la misma carta, sabíamos que el que viniese sería el secuestrador. Hemos venido para ayudar.

—Por eso he venido yo.

Esto ya era una pasada. ¡También llegaba Emily! Venía por el camino del acantilado, por eso nadie la había visto. Llevaba su carta en la mano.

—Parece que todos hemos tenido la misma idea.

Winkleberry, algo incómodo, tosió al no saber qué decir.

—Ah, bueno..., ya veo...

—No es necesario que nos pida perdón —dijo el señor McFarlane con sarcasmo.

—Deberíamos llevar las cartas a la policía —sugirió su mujer—. Podrían averiguar quién las ha enviado.

—No se preocupen —dijo Winkleberry deprisa—. Yo me encargo.

—¿Podría volver al hostal con alguno de ustedes? —preguntó Emily—. El camino es largo.

—Será un placer —se ofreció Winkleberry.

Max y yo los vimos subir a sus respectivos coches y marcharse.

—¡Vaya! ¡Tanto lío y seguimos sin saber nada! —se quejó Max.

Era natural que lo viera de ese modo, al fin y al cabo, sólo era un chiquillo inexperto. Yo, por mi parte, sabía quién había secuestrado a *Lanitas*. Acababa de delatarse. Sólo me quedaba demostrarlo.

Amy está segura de haber encontrado al culpable. ¿Y tú? Ha llegado la hora de que analices todas las pruebas y resuelvas el caso... Luego, sigue leyendo para ver si diste en el clavo.

16 Con las manos en la masa

—Supongo que Winkleberry irá a ver a Caracortada —le dije a Max—. Vamos a seguirlo.

Max me miró como si me hubiera vuelto loca.

—¿Cómo? Tiene un co-che y nosotros tenemos bi-ci-cle-tas —dijo despacio, como si tuviera que explicar algo a una idiota—. ¿Cómo vamos a seguirlo? Se habrá marchado antes de que lleguemos.

—Recuerda que está llevando a Emily. Si nos damos prisa, llegaremos antes a casa de Caracortada.

Nos fuimos a toda velocidad, pero el señor Winkleberry ya había aparcado frente a la casa cuando llegamos.

—¡Quédate aquí! —le pedí a Max al acercarnos al jardín.

Se escuchaban gritos, como si estuvieran discutiendo. Encontré un agujero en la valla a través del cual podía observar la casucha. El señor Winkleberry estaba en la puerta trasera, frente a Caracortada, que sorprendentemente tenía aspecto de haberse bañado y de usar ropa limpia por primera vez en su vida. Los dos parecían muy enfadados.

—Ya le dije que no fui yo. Déjeme en paz —gritó Caracortada.

No era buena idea quedarme para oír toda la conversación. Conecté la grabadora, me agaché y la metí por el agujero de la valla, escondiéndola detrás de un ladrillo. Podrían decir algo interesante y ofrecer nueva evidencia. Volví con Max.

—Alejémonos. Quizá no nos den la bienvenida si nos descubren por aquí otra vez.

Nos alejamos con las bicis hacia el otro lado de la calle, desde donde podíamos observar el coche de Winkleberry sin ser vistos. Cinco minutos más tarde, llegó corriendo a su coche, se subió y se marchó. Le pedí a Max que se quedara con las bicis y fui corriendo hacia la valla de Caracortada para recoger la grabadora.

—La tengo —le dije a Max al volver—. Vamos al hostal. Tengo una trampa que preparar.

En cuanto llegamos a mi habitación, escuchamos la conversación entre Winkleberry y Caracortada:

PODCAST 4

Escúchalo en www.sehacesaber.org

—¡Con que sí se conocían estos dos! —exclamó Max jadeando—. ¿Por qué eso de que los dos tendrían problemas con la policía? ¿Será que Caracortada secuestró a *Lanitas*?

—Lo sabremos pronto —respondí mientras encendía mi portátil e introducía la contraseña que me había dado la madre de Max. Ahora podía navegar en Internet a través de su *router*. Abrí el programa de hacer *podcasts* y empecé a trabajar.

—¿Qué haces? —preguntó Max, mirando por encima de mi hombro.

—Un *podcast* para fingir que han encontrado a *Lanitas* —le expliqué—. Luego lo vamos a reproducir a través de los altavoces de mi mp3. Espero que el secuestrador de *Lanitas* se lo crea, como si fueran las noticias verdaderas de la radio.

—¿Por qué? —Max frunció el ceño.

—Porque en cuanto escuche que han encontrado a *Lanitas*, se pondrá nervioso —o nerviosa— y llamará a su cómplice para preguntar cómo ha podido escaparse. Entonces sabremos quién es. Ahora voy a grabar —le avisé—. No se te ocurra hablar hasta que haya terminado, ¿vale?

Por primera vez desde que me había encontrado con su pecoso rostro, Max se quedó callado. De hecho, me observó con una cara de asombro que consiguió subirme el ego. Supongo que es una de las grandes ventajas de estar con alguien más pequeño. En mi casa de Estados Unidos, hacer un *podcast* era lo más normal del mundo. Mis amigos y yo los creábamos muy a menudo.

Escuché atenta la grabación. A pesar de que había intentado cambiar la voz, resultaba obvio que quien hablaba era yo. Me hicieron falta varios intentos para cambiar el tono tanto como para engañar hasta a mi madre.

—¿Qué te parece? —le pregunté a Max, presentándole el producto final.

—Perfecto —respondió—. ¡No suena a ti para nada!

La fortuna nos acompañaba, porque, por una vez, todos los huéspedes estaban en casa, conversando en el salón. El señor McFarlane contaba algo sobre unos delfines que habían visto esa mañana y los demás escuchaban. Hasta Emily estaba.

—Vete al salón y observa cada detalle mientras preparo la grabación —le dije a Max.

Entré a la cocina. La radio estaba encendida, como de costumbre. Seleccioné el *podcast* en mi mp3, enchufé los altavoces, subí el volumen y le di al *play.* Había metido un poco de música al principio, como si fuera un programa de radio de verdad. Esperaba que sonara tan convincente como para engañar a todo el mundo. Por fin apagué la radio y me fui al salón.

—Me gusta esta canción —dijo Emily, al escuchar la melodía de Blaze que sonaba en el mp3.

—A mí también —contesté—. Últimamente la ponen mucho en la radio.

La canción llegó al final, se escuchó un ruido de estática y a continuación una voz que, afortunadamente, no se parecía casi nada a la mía, incluso en mi opinión:

—Y ahora las últimas noticias. Una perra de concurso, secuestrada la semana pasada, ha aparecido sana y salva. Hace una hora, una bichón frisé que responde al nombre de *Princesa Lanitas,* propiedad de la señora Sue Carter, vecina de Little Cragg, fue encontrada mientras se paseaba por la calle.

Mi abuela se pegó un susto que casi la hizo caerse del sillón.

—¿Han oído? —gritó—. ¡Han encontrado a *Lanitas*!

—¡Maravilloso! —exclamó el señor Winkleberry, aunque se había puesto algo pálido.

—¡Excelente! —dijo la señora McFarlane, intercambiando una mirada de preocupación con su marido.

—¿Ven?, ya les había dicho que al final todo saldría bien —comentó Emily.

A continuación, todos salieron corriendo del salón para subir a sus respectivas habitaciones. Crucé los dedos esperando no haberme equivocado en cuanto a quién era el culpable.

La abuela frunció el ceño.

—No entiendo. ¿Cómo es qué no me ha llamado la policía para decírmelo, en lugar de anunciarlo por la radio? —preguntó al levantarse—. Voy a llamar al comisario Lambard.

¡Ay, no! No se me había ocurrido que pudiese hacer eso.

—No, abuela. Espérate un poco —le dije.

—¿Por qué? —me preguntó. De repente, cuando mi grabación se detuvo, volvió a fruncir el ceño—. ¿Quién ha apagado la radio?

Una nada amigable sombra de sospecha se dibujó en su cara.

—¿Amy? ¿Esto es cosa tuya?

Escuché unos pasos bajando la escalera. Era Emily. Winkleberry y los McFarlane venían detrás.

—No dejes salir a nadie —le susurré a Max.

Me respondió con una sonrisa maliciosa, enseñándome las llaves de la puerta. Desde luego, a veces podía ser un chico muy listo.

Subí la escalera de dos en dos, corrí hacia la habitación de Emily y recogí la grabadora de debajo de su cama. La puse a reproducir, escuché los primeros segundos y sonreí. ¡Bingo!

—¡Amy! —La voz de la abuela sonaba como un trueno—. ¡Baja! ¡Ahora mismo!

—¿Qué pasa? —Me asomé a la barandilla y la vi con el reproductor de mp3 y los altavoces en la mano. Deduje que no estaba contenta—. Tranquila, puedo explicártelo...

—Eso espero —me advirtió—. Y más te vale que sea la mejor explicación que hayas dado en tu vida.

—Creo que voy a salir —dijo Emily.

—¡No! —grité y bajé las escaleras corriendo—. ¡No puedes salir!

Todos me miraron boquiabiertos.

Puse la grabadora a reproducir a todo volumen. Se escuchaba la voz de Emily:

—Hola, Rika, soy Emily. Acabo de oír las noticias. ¿Qué ha pasado? ¿Cómo has podido dejar que *Lanitas* escapara?

Otra voz respondía, pero demasiado bajo como para entender nada, y de nuevo la de Emily:

—¿Estás segura de que sigue allí? Mira bien.

Hubo una pausa de algunos segundos. Después, la voz que no se entendía, y de nuevo Emily:

—Se habrán confundido. En las noticias han hablado claramente de *Lanitas*... De acuerdo. Cuídala bien. Puede que nos estén siguiendo.

Todo el mundo se giró hacia Emily.

—¡Usted! —dijo mi abuela, sorprendida—. Pero, ¿por qué?

Emily se apartó el pelo de la cara y la miró con un gesto desafiante.

—¡Porque *Lanitas* aquí no tiene una vida digna! —exclamó—. Usted no le deja libertad. La tiene enjaulada como si fuera un ave exótica. Siempre está poniéndole trapos y enseñándole trucos. Sólo es una perrita. Debería estar corriendo por los campos, divirtiéndose, ensuciándose... —su voz se fue apagando.

—Escúcheme, jovencita —la interrumpió Winkleberry, hecho una furia. El párpado le temblaba tanto que daba mareo—. Sue adora a *Lanitas* y la cuida más que bien. No se puede ir robando los perros a la gente porque sí, sólo porque usted cree que los deberían tratar de otra forma. La vida de *Lanitas* en este lugar es inmejorable.

—¿Dónde está? —preguntó la abuela, con voz temblorosa—. ¿Qué le han hecho a mi princesita?

—Se la llevé a una persona de la Sociedad a Favor de los Derechos de los Animales. Está en una granja, corriendo, como cualquier animal libre —contestó Emily, con aspecto culpable—. No se preocupe. Está feliz. La vi el otro día.

«Probablemente el día que se quedó fuera toda la noche», pensé.

—¿Una granja? —chilló la abuela, asustada—. ¡Ay, no! Podría contagiarse de una enfermedad. Quiero la dirección ahora mismo. Debo recogerla.

—Te la van a traer, no te preocupes. Voy a llamar de inmediato a la policía para que detengan a esta jovencita —exclamó Winkleberry—. Ellos se encargarán de rescatar a *Lanitas*.

—¿Detenerme? —repitió Emily, asustada—. ¡No! ¡Por favor! No llamen a la policía.

Era tarde. El señor Winkleberry ya estaba marcando el número. Horas después, recuperamos a *Lanitas*. Estaba un poco sucia, pero parecía contenta y sana. La abuela se puso feliz de verla. Y yo también. Creo que *Lanitas* se alegró de verme porque me dejó acariciarla sin gruñir ni morder. ¡Era la primera vez que no me amenazaba! Llamamos al veterinario, que la examinó enseguida y certificó su buen estado de salud.

—Muchas gracias, Amy. *Lanitas* regresó gracias a tu trabajo de detective —dijo la abuela más tarde, dichosa con su princesita en el regazo.

—Aún no puede creer que haya sido Emily —comentó Winkleberry.

—¿Crees que ella también mandó las cartas de chantaje? —preguntó la abuela.

Se puso colorado.

—No, Sue. Debo confesar que eso fue cosa del hijo de un viejo amigo mío —reconoció—. Cuando llegaron las cartas, aún no lo sabía. Jed no ha tenido una vida fácil desde que se marchó de la casa de sus padres. Tony, su padre, murió hace años. Su madre se volvió a casar y Jed no se llevaba bien con el nuevo marido de su madre. En fin, después se mezcló con gente rara y acabó debiendo mucho dinero a unos tipos bastante desagradables. Cuando se enteró de que *Lanitas* había desaparecido, pensó que había llegado su oportunidad para conseguir el dinero que necesitaba para pagar sus deudas —dejó escapar una tosesita de incomodidad—. Sé que no debería haberlo protegido, pero en el fondo no es mal chico, y esos matones lo estaban amenazando. Mandó las cartas porque estaba desesperado.

—Por eso el señor Winkleberry le dio dinero para que pagara sus deudas —añadí—. Y ahora Jed va por el buen camino.

Winkleberry me miró sorprendido.

—¿Cómo te has enterado?

Me toqué la punta de la nariz con el dedo.

—Una buena detective olfatea muchas cosas —le dije.

Después de oír toda la historia, mi abuela, con el buen corazón que tiene, decidió no denunciar a Caracortada. De haberlo hecho, podría haber metido en un lío a Winkleberry por haber protegido al chantajista. Además, pidió a la policía que no se castigara a Emily sino con una amonestación, porque su amor por los animales la había confundido y puede que no tuviera muy claro el papel de la Sociedad a Favor de los Derechos de los Animales. La verdad es que la abuela es muy maja.

—Lo que no he entendido es cómo llegaste a la conclusión de que había sido Emily —dijo Max cuando llegó a mi casa más tarde, con una tableta de chocolate de fruta y nueces, y dos batidos. Me alcanzó el de fresa—. Debías de estar bastante segura para ponerle la grabadora debajo de la cama.

Solté una sonrisa.

—Dame la mitad de esa tableta y te diré cómo lo deduje.

—Vale —contestó y partió la tableta en dos...

PODCAST 5

Escúchalo en www.sehacesaber.org

—Eres muy lista para aclararte con tantas pistas —dijo Max cuando terminé de explicarle.

—Ya lo sé —dije encantada—. Por algo soy Amy Carter, la resuelvemisterios.

Partí dos trocitos de chocolate y me los metí en la boca. Al final, a lo mejor Little Cragg no era tan aburrido como había pensado.

ÍNDICE

Otras pesquisas de Amy Carter

Las pistas *podcast* te llevarán al centro de la acción.

2. ¡Sabotaje!

La casa del señor Joe sufre distintos siniestros tras negarse a venderla a un constructor. Afortunadamente, Amy Carter se ocupa del caso y, junto al pequeño Max, intentará descubrir si se trata de un sabotaje.

3. Contrabando

Desde su habitación, Amy observa unos destellos de luz en la bahía. Hay algo misterioso en ellos. Sus sospechas se confirman cuando descubre unas cajas en una cueva secreta. ¿Estará traficando alguien con material ilegal?